AF284366

Christina de Groot wurde in Hamburg geboren. Nach einem mehrjährigen Aufenthalt in Italien beschloss sie, fortan als Schriftstellerin zu leben. Ihre Geschichten sind stets mit großer Phantasie und einer besonderen Liebe zum Wort geschrieben. Es sind Geschichten, die aus dem tiefsten Herzen kommen und zutiefst im Herzen berühren.

Christina de Groot ist Autorin der Bestseller *Der sehr hohe Zaun, Die Zaubertinte* sowie *Die Pilzbibliothek.* Außerdem sind von ihr erschienen: *Die kleine Pfütze, Die kleine Spinne, die noch übte, Willi Hummel, Die kleine Ameise und der Teppich, Detektiv Schnüffel & Co* sowie *Willi Hummel und das Croissant.*

Christina de Groot

Die kleine Prinzessin und das Rotkehlchen

Ein Märchen

Bibliografische Information der Deutschen Nationalbibliothek
Die Deutsche Nationalbibliothek verzeichnet diese Publikation in der Deutschen
Nationalbibliothek; detaillierte bibliografische Daten sind in Internet über
http://dnb.d-nb.de abrufbar.

Impressum:
Christina de Groot
2020
Herstellung und Verlag:
BoD - Books on Demand, Norderstedt
ISBN: 978-3-7519-8388-4

Christina de Groot

Die kleine Prinzessin und das Rotkehlchen

Ein Märchen

„O, wie schön!" rief die kleine Prinzessin. Sie strahlte vor Glück.

„Und ich werde immer bei Dir sein!" antwortete das Rotkehlchen. „Was auch immer geschieht!" Es erhob sich von dem Ast, auf dem es bis jetzt gesessen hatte und flog einmal um die kleine Prinzessin herum.

Dann setzte es sich wieder auf den Ast ihr gegenüber. „Das war meine Glücksrunde!" rief es und seine kleinen, dunklen Augen strahlten die kleine Prinzessin an.

„Eine Glücksrunde?" rief die kleine Prinzessin. „Das mache ich auch! Ich kann zwar nicht fliegen, aber ich kann sensationell gut hopsen!" Sprach's und hüpfte glücklich strahlend einmal um den Kirschbaum herum, auf dem das Rotkehlchen saß.

Dann setzte sie sich ins Gras und schaute das Rotkehlchen fragend an. Das Rot auf seiner Brust leuchtete in der Sonne, und seine schwarzen Knopfaugen strahlten.

Die kleine Prinzessin fühlte die wärmende Sonne auf ihrem Rücken und schloss für einen Moment die Augen.

„Und Du meinst, dass es wirklich klappt?" sagte sie nach einer Weile. Sie öffnete ihre Augen wieder.

„O ja!" rief das Rotkehlchen. „Wenn Du mit Deinem ganzen Herzen dabei bist, wird es klappen! Glaub mir!"

„Ich kann es kaum erwarten!" rief die kleine Prinzessin und sprang auf. „O, ich freue mich schon so sehr darauf! Was meinst Du: Wie soll unsere Schule aussehen?"

Im Königlichen Schloss herrschte Aufregung. Jeder der Bewohner schien hin- und her zu rennen und irgend Etwas äußerst Dringendes erledigen zu müssen.

Als die kleine Prinzessin vom Garten ins Schloss kam, schaute sie den Menschen irritiert hinterher. War irgend Etwas passiert? Doch Jeder, den sie fragen wollte, lief nur an ihr vorbei und rief: „Jetzt nicht!".

„Komisch!" dachte sie. „Was ist hier los?" Sie entschloss sich zur Küche zu gehen und Maria zu fragen. Die Köchin war nach dem Tod ihrer Mutter fast wie eine zweite Mutter für sie geworden. Zu ihr hatte die kleine Prinzessin Vertrauen, bei ihr fühlte sie sich geborgen.

Auf dem Weg zur Küche fiel ihr ein, dass ihr Vater vor ein paar Tagen von einem wichtigen Mann erzählt hatte, der zu Besuch kommen wollte. Ihr Vater hatte nicht wirklich fröhlich dabei ausgesehen. Vielleicht kam ja genau dieser Mann heute, und deswegen rannten alle so aufgeregt hin und her.

„Komisch!" dachte sie erneut und blieb stehen. Dass so viel Aufwand gemacht wurde wegen eines einzelnen Menschen! Wieso waren eigentlich einige Menschen wichtiger als andere? „Die sind doch auch nur Menschen!" sagte sie laut.

„Von wem sprichst Du, mein Engel?"

Die kleine Prinzessin drehte sich um. „Papá!" rief sie. „Ich hab' Dich gar nicht kommen gehört!"

„Das habe ich gemerkt!" entgegnete ihr Vater schmunzelnd.

„Warum rennen alle im Schloss so?" fragte die kleine Prinzessin.

Das Lächeln wich aus dem Gesicht ihres Vaters. „Heute kommt der Graf vom Schwarzen Schloss zu uns." antwortete er. „Er kommt zwar ohne Gefolgschaft - denn, so viel ich weiß, reist er immer allein -, aber er wird voraussichtlich bis Morgen hier bleiben. Da gibt es jede Menge vorzubereiten."

„Und *warum* kommt er?"

Ihr Vater zögerte. „Das ist eine lange Geschichte, mein Engel. Ich erzähle sie Dir ein anderes Mal, versprochen!"

„Aber niemand ist fröhlich, papá!" rief die kleine Prinzessin. „Nicht einmal *Du* lächelst!"

„Ach, mein Engel!" Der König nahm seine Tochter in den Arm. „Wenn es doch nur so leicht zu erklären wäre..."

„Aber das ist doch blöd!" rief die kleine Prinzessin. Sie löste sich aus der Umarmung. Es kam nicht oft vor, dass sie ihren Vater unterbrach. „Dieser Graf Dingsbums ist doch auch nur ein Mensch! Wieso ist der so wichtig? Es scheint ja fast so, als wäre er wichtiger als alle Anderen! Und das, obwohl er alles Andere als freundlich zu sein scheint!" fügte sie hinzu. Sie war richtig wütend geworden und die dunkelbraune, lockige Haarsträhne, die ihr in solchen Fällen ins Gesicht fiel, schwang hin und her.

Ihr Vater schwieg.

„Was ist los, papá? So komisch habe ich Dich noch nie gesehen!" Als sie ihrem Vater in die Augen sah, erschrak sie. *„Papá..."* flüsterte sie. *„Was ist los?"*

„Wir sind immer ehrlich zueinander gewesen in unserer Familie", antwortete der König, „und deswegen sage ich Dir jetzt Etwas, das mir schwer fällt: Ich habe Angst, mein Engel!"

„Angst? Aber wieso? Vor diesem Grafen?"

Ihr Vater nickte.

„Aber wieso, papá?"

„Weil...weil..." Ihr Vater schaute ihr für einen Moment schweigend in die Augen. „Dieser Graf... Man sagt, er stehe mit den Mächten der Finsternis in Verbindung."

Die kleine Prinzessin erschrak noch mehr. „Aber wieso kommt er dann zu uns auf's Schloss? Papá, was will dieser Mann hier?"

„Er hat große Macht!" antwortete ihr Vater.

„Aber Du bist doch auch mächtig, papá!"

Als ihr Vater erneut schwieg, ergriff sie seinen Arm und schüttelte ihn.

„*Papá!* Möchtest Du diesen schrecklichen Grafen wirklich hier auf dem Schloss haben?"

„Nein." antwortete ihr Vater. „Aber ich habe keine andere Wahl."

„Wieso? Papá! *Wieso?*" Die kleine Prinzessin verstand die Welt nicht. Ihr Vater war ein mächtiger König. Er hatte ein großes Königreich, das blühte und gedieh. Jedermann hatte Respekt vor ihm und achtete ihn, ja, sie hatte sogar den Eindruck, als liebten die Menschen ihren Vater. Wieso gab es dann Jemanden, der ihm Angst machte? „Ich verstehe das nicht, papá!" sagte sie und ließ seinen Arm los.

In diesem Moment kam ein Diener angerannt. „Eure Majestät! Entschuldigt die Störung, aber Ihr müsst dringend in den Thronsaal kommen!"

„Tut mir leid, mein Engel!" sagte der König. „Ich *muss!* Wir sprechen später weiter!" Er gab ihr einen Kuss auf die Stirn und ging davon.

Die kleine Prinzessin sah ihm nach. „Irgend Etwas stimmt hier nicht!" sagte sie zu sich selbst. Sie war noch immer irritiert. Noch niemals zuvor hatte sie ihren Vater *so* gesehen! Sie runzelte die Stirn.

Doch dann straffte sie ihren Rücken, atmete tief durch, schaute aus dem Fenster und sagte laut: „Na gut! Wenn nicht einmal mein eigener Vater mir erzählen will, was los ist, dann mache ich mich eben selbst auf den Weg! Ich werde schon herausbekommen, was hier los ist! Aber vorher gehe ich noch in die Küche!" Sprach's, wandte sich vom Fenster ab und machte sich auf den direkten Weg zur Küche.

Zur selben Zeit fuhr eine schwarze Kutsche lautlos durch den Königlichen Wald. Sie wurde von sechs pechschwarzen Pferden gezogen. Die Fenster waren mit schwarzen Vorhängen aus schwerem Stoff verhängt. Der Kutschbock war leer, und es sah aus, als würden die Zügel von Geisterhand gehalten. Es war ein gespenstischer Anblick.

Die Kutsche fuhr mit hoher Geschwindigkeit durch den Wald, doch es war nicht das kleinste Geräusch zu hören. Wo immer sie vorbei fuhr, verschlossen die Blumen und Büsche blitzartig ihre Blüten. Die Tiere hielten erschrocken inne und standen wie erstarrt da. Es schien, als ob es dort, wo die Kutsche vorbeifuhr, mit einem Schlag eiskalt wurde.

Im Inneren der Kutsche saß eine einzige Person: der Graf vom Schwarzen Schloss. Sein wahrer Name war unbekannt, und nie hatte jemand danach gefragt. Er war ein großer, hagerer Mann mittleren Alters, dessen Haare und Kleidung genauso schwarz waren wie die Kutsche. Er hatte seine Augen zu kleinen Schlitzen verengt - so, wie er es die meiste Zeit über tat -, und starrte auf einen Punkt vor sich an der gegenüber liegenden Kutschwand. Ab und zu glitt ein Lächeln über sein Gesicht. Doch es war ein böses Lächeln, eines, das die Freude am Leid Anderer zeigte.

Er hatte einen Plan. Einen teuflischen Plan. Und er würde alles tun, um diesen in die Tat umzusetzen.

Noch etwa eine halbe Stunde, und er würde auf dem Schloss des Königs sein. Diesmal würde er sein Ziel erreichen. Der König hatte Angst vor ihm, das wusste er. Und es gefiel ihm. Angst war ein gutes Mittel, um sich zu nehmen, was man wollte. Und dieses Mal wollte er alles. Der König konnte ruhig ein bisschen weiter König sein, aber der wahre Herrscher des Landes würde schon sehr bald er sein.

Zufrieden mit sich selbst lehnte er sich zurück und schloss die Augen. Plötzlich begann er zu lachen, zuerst nur leise. Dann wurde sein Lachen immer lauter, bis es schließlich die ganze Kutsche erfüllte. Es war ein heiseres, teuflisches Lachen. Und hätte der König es gehört, ihm wäre das Blut in den Adern gefroren.

4

In der Küche herrschte Hochbetrieb. Als die kleine Prinzessin eintrat, erschrak sie. Selbst hier war die angespannte Atmosphäre zu spüren. Es schien, als hätte diese tatsächlich vom ganzen Schloss Besitz ergriffen.

Sie sah sich suchend um. Im ersten Augenblick dachte sie, Maria sei nicht da. Doch dann erblickte sie sie. Sie war gerade dabei, dem Aschemädchen Etwas zu erklären. Als sie die kleine Prinzessin sah, winkte sie ihr zu. „Hallo, mein Engel!" rief sie. „Was führt Dich zu mir?"

Die kleine Prinzessin bahnte sich ihren Weg durch die Küche. „Hallo, Maria!" sagte sie. „Hast Du einen Moment Zeit für mich?"

„Für Dich immer!" antwortete Maria. „Komm, wir setzen uns dort drüben hin." Sie zeigte auf eine große Bank in der Nähe des Fensters. Ihr war nicht entgangen, dass die kleine Prinzessin ungewöhnlich ernst war. „Na, was beschäftigt Dich, mein Engel?"

„Das da!" entfuhr es der kleinen Prinzessin und zeigte auf all die hin- und her rennenden Bediensteten. „Warum sind alle so unruhig? Was ist mit diesem blöden Grafen, dass, dass...dass das ganze Schloss wegen ihm in Unruhe ist? Wieso kommt er überhaupt hier her? Und wieso sagt papá nicht einfach „Nein!" zu ihm? Maria, was ist hier los? Ich verstehe das alles nicht!"

Sie hielt inne. Dann fügte sie leise hinzu: „Ich habe Angst in papás Augen gesehen!"

Maria nahm ihre Hände und drückte sie ganz fest. „Dieser Graf ist sehr mächtig..." antwortete sie zögernd. „*Sehr* mächtig!" Sie schaute aus dem Fenster. „Leider!"

„Wieso? Und wieso leider?"

„Weil es keine gute Macht ist." antwortete Maria. „Niemand weiß, woher er seine Macht hat. Jedenfalls tut er nichts Gutes damit. Was ich gehört habe, geht es ihm einzig und allein um ihn selber und darum, seine Macht immer weiter zu vergrößern. Man flüstert sich übrigens hinter vorgehaltener Hand zu, dass der Graf mit den Mächten der Finsternis in Verbindung steht."

„Das hat papá auch schon gesagt."

„Ich habe übrigens keine Ahnung, was er von Deinem Vater will und auch nicht, warum Dein Vater ihn überhaupt empfängt." fuhr Maria fort. „Das Einzige, was ich weiß ist, dass er in spätestens zwei Stunden hier eintreffen wird. Und bis dahin müssen wir alles fertig haben!" Sie drückte die Hände der kleinen Prinzessin, die eiskalt waren. „Komm nach dem Abendessen zu mir. Dann weiß ich hoffentlich mehr." Maria gab ihr einen Kuss. „Und jetzt muss ich weitermachen, mein Engel!" Sie sah den enttäuschten Blick der kleinen Prinzessin. „Es würde im Moment niemandem helfen, wenn ich mich einfach weigern würde, meine Arbeit zu tun. Aber daran gedacht habe ich schon mehr als einmal!" Sie strich der kleinen Prinzessin über die Wange. „Komm heute Abend zu mir in die Küche. Ich erwarte Dich hier!" Sie stand auf und wandte sich der Suppe zu, die auf dem Feuer hing.

„Dann bis heute Abend!" sagte die kleine Prinzessin leise. In diesem Augenblick vermisste sie ihre Mutter schmerzlich, auch wenn sie Maria von Herzen liebte.

Hätte sie sich dem Fenster zugedreht, dann hätte sie das Rotkehlchen gesehen, dass die ganze Zeit über draußen auf dem

Fenstersims gesessen und sie angeschaut hatte, genauso wie schon zuvor am Fenster des langen Flures, vor dem die kleine Prinzessin mit ihrem Vater gestanden hatte. Doch stattdessen verließ die kleine Prinzessin die Küche, ohne ein weiteres Wort mit Jemandem zu sprechen.

„Ich bin immer bei Dir!" sagte das Rotkehlchen. „Was auch immer geschieht - ich werde bei Dir sein!" Sprach's, schlug mit den Flügeln und flog davon.

5

Währenddessen ging der König im Thronsaal unruhig auf und ab. Noch etwas weniger als zwei Stunden, dann würde der Schwarze Graf eintreffen, allein, so hatte er wissen lassen. Er reiste immer allein. Er hatte nicht gerne Menschen um sich.

„Warum kommt er?" fragte der König sich zum wiederholten Male. „Was will er von mir?" Er hatte keine Ahnung. „Warum habe ich nicht „Nein!" gesagt, als er seinen Besuch angekündigt hat?" sagte er zu sich selbst. „Er hat nicht einmal gefragt, ob er kommen kann. Er hat es mir einfach nur mitgeteilt, mitteilen lassen. Er hat sein Erscheinen nur ankündigen lassen und die Antwort nicht abgewartet."

Der König atmete schwer. Ihm war, als läge ein riesengroßer Stein auf seiner Brust. „Wovor habe ich bloß solche Angst? Wovor?" Er wusste es nicht.

Gedanken verloren schaute er aus dem Fenster. Im Garten erblickte er seine kleine Tochter, die dort spazieren ging und sich mit einem Rotkehlchen zu unterhalten schien. „Ich liebe Dich, Jasmin!" sagte er. Er wandte sich vom Fenster ab und ging zum Thron.

Die kleine Prinzessin liebte den Garten! Er war für sie der schönste Platz auf der ganzen Welt! Ihre Eltern hatten ihn zusammen angelegt, lange bevor sie geboren worden war. Sie hatten ihn all die Jahre gehegt und gepflegt und waren dort sehr sehr glücklich gewesen!
Nachdem ihre Mutter gestorben war - die kleine Prinzessin war am Tag zuvor gerade sieben Jahre alt geworden -, waren ihr Vater und sie lange Zeit nicht mehr in den Garten gegangen, zu sehr hatten sie der Verlust und die Erinnerungen, die sie mit dem Garten verbanden, geschmerzt.
Ihr Vater hatte den Garten seither nie wieder betreten.

Die kleine Prinzessin jedoch war eines Tages wieder in den Garten gegangen, nachdem sie am frühen Morgen eine Begegnung gehabt, hatte, die alles veränderte:

… Es war Frühling gewesen, und alles hatte geblüht und geduftet. Sie war aufgewacht, weil direkt vor ihrem Fenster ein Vogel wunderschön gesungen hatte. Sofort hatte sie das Gefühl gehabt, er sänge nur für sie. Als sie sich im Bett aufgerichtet und zum Fenster gesehen hatte, hatte sie ein Rotkehlchen erblickt, das sie mit seinen dunklen Knopfaugen freundlich angesehen hatte.
„Hallo!" hatte sie zu ihm gesagt. Sie war aufgestanden und zum Fenster gegangen.
Das Rotkehlchen hatte vor dem Fenster gesessen und sie ebenfalls angeschaut.
Vorsichtig hatte sie das Fenster geöffnet. „Ich bin Jasmin." hatte sie gesagt. „Und wer bist Du?"
Statt einer Antwort hatte das Rotkehlchen erneut wunderschön zu singen angefangen.

„O, ist das schön!" hatte sie gerufen. „Du kannst wirklich wundervoll singen!"

„Danke!" hatte das Rotkehlchen gesagt. „Ich freue mich, wenn es Dir gefällt! Ich habe nämlich extra für Dich gesungen!"

Erstaunt hatte die kleine Prinzessin den Vogel angesehen. „Du kannst mich verstehen? Und Du sprichst meine Sprache?"

Das kleine Rotkehlchen hatte genickt. Die kleine Prinzessin hatte sogar den Eindruck gehabt, als lächelte es. „Ja, ich kann Dich verstehen" antwortete das Rotkehlchen. „Das mit der Sprache ist allerdings, nun ja, nicht so, wie es scheint."

„Wie meinst Du das?"

„Nun ja, wir können miteinander sprechen und uns hören und verstehen. Aber wenn jemand Anderes uns zusammen sieht oder so nahe ist, dass er uns hören kann, dann versteht er nichts. Denn wir Beiden sprechen miteinander nicht die Sprache, die die Menschen miteinander sprechen."

„Heißt das, ich kann Vogelsprache?" hatte die kleine Prinzessin aufgeregt gerufen.

„Ja - und nein." hatte das Rotkehlchen geantwortet. „Ja, weil Du mit mir sprechen kannst. Und nein, weil Du nur mit mir sprechen kannst."

„Aber - wieso kann ich Deine Sprache?"

„Das ist eine lange Geschichte!" hatte das Rotkehlchen geantwortet. „Sie hat mit der Weisheit Deines Herzens zu tun. Es ist eine schöne Geschichte! Ich werde sie Dir bei Gelegenheit erzählen."

„Versprochen?"

„Versprochen!"

Dann hatten sie eine Weile geschwiegen.

„Hast Du Lust, mich nachher im Garten zu treffen?" hatte das Rotkehlchen schließlich gefragt. „Jetzt muss ich nämlich weiter. Aber ich würde mich sehr freuen, wenn wir uns nachher sehen würden!"

„O ja!" hatte die kleine Prinzessin gerufen. „Das wäre schön! Ich bin schon so lange nicht mehr im Garten gewesen!"

„Dann komm um halb elf zu dem gelben Rosenstrauch am Teich. Dort warte ich auf Dich!" Das Rotkehlchen hatte ihr noch einmal zugelächelt und war davon geflogen.

„Bis nachher!" hatte die kleine Prinzessin ihm hinterher gerufen und ihm nachgeschaut. Dann hatte sie das Fenster geschlossen. „Bis nachher!" hatte sie leise gesagt und gelächelt. Sie war glücklich gewesen in diesem Moment. „Das macht das Rotkehlchen!" hatte sie gedacht. „Ich freue mich schon sehr, es nachher wiederzusehen! Ich kann es kaum erwarten! Hoffentlich ist es bald halb elf!"

Sie hatte sich angezogen und beschlossen, in die Küche zu gehen, um zu schauen, ob Maria das Frühstück schon fertig hatte.

Von diesem Morgen an hatte sie das Rotkehlchen jeden Tag gesehen. Und jeden Tag wurde ihr Wiedersehen schöner! Irgendwann stellte sie fest, dass jede Traurigkeit von ihr abfiel, wenn sie mit ihm zusammen war. Sogar die tiefe Traurigkeit über den Verlust ihrer Mutter tat weniger weh, wenn der kleine Vogel bei ihr war. Das Rotkehlchen machte sie auf eine Weise glücklich, die sie sich nicht erklären konnte. Aber das brauchte sie auch gar nicht. Sie war einfach glücklich, dass es so war, wie es war. ...

Und so hatte sie allmählich wieder Vertrauen ins Leben gefasst. Ja, irgendwann hatte sogar wieder die Sonne in ihrem Herzen geschienen, und da hatte sie gewusst, dass es nichts gab, was dieses Licht in ihr für immer zum Erlöschen bringen konnte. Dieses Licht war stärker als alle Dunkelheit, das hatte sie von dem Rotkehlchen gelernt!

Ihr Vater, der König, hatte dieses vollkommene Vertrauen in das Licht in seiner Seele nicht wieder gefunden. Wohl war es auch ihm nach und nach wieder besser gegangen. Aber die kleine Prinzessin hatte gesehen, dass er einen Teil seines Herzens verschlossen hielt. Doch das hatte sie nicht davon abgehalten, unerschütterlich an das Licht in ihrem Herzen zu glauben!

Im Gegenteil: Eines Tages war sie mit sich überein gekommen, dass sie genau das zu ihrer Lebensaufgabe machen wollte: den Menschen das Licht zu bringen. „Wenn ich groß bin, möchte ich eine Schule eröffnen, in der alles Wichtige gelernt wird, was man im Leben braucht. Aber vor Allem sollen die Kinder lernen, was es mit diesem Licht in ihrem Herzen auf sich hat!"

7

Die erste Begegnung mit dem Rotkehlchen war jetzt drei Monate her. Inzwischen war es Sommer und im Garten grünte und blühte alles, dass es nur so eine Freude war.
Die kleine Prinzessin stand einfach da und sah sich glücklich um. Sie kannte jede Pflanze und sah jede neue Knospe, die zu wachsen begann. All' die Pflanzen und Blumen waren für sie wie eine große Familie. Sie verbrachte sehr viel Zeit im Garten. Oft unterhielt sie sich mit den Blumen, genauso, wie mit den Bäumen und Sträuchern und den Tieren, die dort lebten.
Heute war sie in den Garten gegangen, weil sie eine Hibiskusblüte zeichnen wollte. Sie hatte ihren Malblock und ihre Lieblingsstifte dabei. Sie war sehr begabt im Zeichnen und konnte wundervolle Bilder malen.
Vor dem Hibiskusstrauch setzte sie sich auf den Boden. Eine Zeit lang schaute sie die Blüte, die sie zeichnen wollte, einfach nur an. „Wie wunderschön sie ist!" dachte sie. Dann, nach einer Weile, nahm sie den Malblock, legte ihn sich auf die Oberschenkel und begann zu zeichnen.

Der Sand stob zur Seite und die Kieselsteine flogen durch die Luft, als die Schwarze Kutsche aus voller Fahrt im Innenhof des Schlosses zum Stehen kam. Woher die Pferde den Befehl zum Halten bekommen hatten, war nicht ersichtlich. Denn der Kutschbock war nach wie vor leer.

Die Anwesenden schrieen erschreckt auf, als sie die Schwarze Kutsche sahen, und bekreuzigten sich. Andere standen sekundenlang wie erstarrt da oder starrten mit offenem Mund auf das, was sie sahen.

Es dauerte eine Weile, bis der aufgewirbelte Staub sich wieder gelegt hatte. Es sah schon fast so aus, als stiege niemand aus, da öffnete sich eine der Türen lautlos. Heraus stieg ein großer, hagerer, ganz in Schwarz gekleideter Mann: der Graf vom Schwarzen Schloss. Er trug einen schwarzen Hut mit einer breiten Krempe, so dass sein Gesicht nicht zu sehen war.

Die Anwesenden standen noch immer wie versteinert da, während sich die Hunde und Katzen blitzschnell verkrochen.

Der Schwarze Graf blieb neben der Kutsche stehen und sah sich langsam um. Sein Gesicht zeigte keine Regung. Nicht die leiseste Andeutung eines Lächelns war zu sehen. Er schien auf Etwas zu warten. Mit jedem Augenblick, der verging, stieg die Spannung, die von ihm ausging. Schließlich warf er sich das Cape über die Schultern, verengte die ohnehin schon kleinen Augen zu schmalen Schlitzen und tastete, so schien es, mit seinem Blick jeden Millimeter des Schlossplatzes ab.

Die Menschen waren irritiert. Wieso nur war der Schwarze Graf aufs Schloss gekommen? Was hatte der König mit ihm zu tun? Etwas Gutes bedeutete die Anwesenheit des Schwarzen Grafen jedenfalls nicht! Aber wieso bloß empfing der König ihn?

Alle wussten, dass man sich erzählte, der Schwarze Graf sei mit dem Teufel im Bunde, und die Wenigen, die ihm bereits begegnet waren, behaupteten steif und fest, sie hätten Schwefelgeruch in seiner Nähe wahrgenommen. Jedermann im Land fürchtete sich vor ihm, und jeder, der ihn auch nur von Ferne sah, bekreuzigte sich blitzschnell. Der Schwarze Graf verbreitete Kälte und Dunkelheit um sich herum. Niemand wollte freiwillig in seiner Nähe sein.

Im ganzen Land erzählten sich die Menschen die schauerlichsten Geschichten über ihn: Er solle stets allein sein und sich seine Nahrung selbst besorgen, bevorzugt kleine, aber auch größere Tiere, denen er die Kehle eigenhändig durchbiss. Schlafen tue er in einem pechschwarzen, sargähnlichen Bett, das in einem vollkommen schwarzen Zimmer stand. Sein Schloss, auf dem er viel Zeit verbrachte, solle ebenfalls vollkommen schwarz sein, ja, es gäbe dort nicht *einen* Gegenstand, der nicht schwarz war. Sein Blut, so hieß es, war so dunkel, dass es nicht mehr im Entferntesten an menschliches, rotes Blut erinnerte. Mit diesem Blut schreibe er auch seine Briefe, hieß es, und sein Siegel würde er aus Wachs und eben diesem Blut mischen. Auch wenn das Schloss von ferne beinahe wie ein gewöhnliches Schloss aussah - bis auf die schwarze Farbe natürlich -, so schworen die Menschen der Umgegend bei ihrer Seele, dass das Fundament aus Knochen bestand, Knochen, die von den zahlreichen Opfern des Schwarzen Grafen stammten, tierische, aber vor Allem menschliche Opfer. Die Schädel all seiner Opfer hatte der Graf zu Gefäßen umgearbeitet, hieß es.

Einzig *ein* Schädel sei unverändert geblieben. Dieser hing hoch über dem Schwarzen Schloss neben der Fahne am Fahnenmast. In stürmischen Nächten klapperte er, und der Wind heulte durch die leeren Augenhöhlen hindurch, so dass ein schauerlicher Ton erklang.

Es war ein so grauenvoller Ton, dass er den Menschen und Tieren, die ihn hörten, das Blut in den Adern gefrieren ließ. Warum der Schwarze Graf ausgerechnet diesen Schädel aufgehängt hatte, wusste niemand so genau. Es hieß jedoch, er gehöre dem einzigen Lebewesen, dass der Schwarze Graf jemals geliebt hatte: seinem Wolf.

Der König zuckte zusammen, als er das Geräusch der scharf bremsenden Kutsche und die darauf folgende Stille hörte. Der Schwarze Graf! Seine Anwesenheit war so deutlich zu spüren, dass dem König selbst im Thronsaal ein eiskalter Schauer über den Rücken lief.

Er war also schon da. Viel früher, als angekündigt. Das sah ihm ähnlich, zu kommen, wann er wollte und damit schon von Anfang an alles zu dominieren.

„Eigentlich sollte ich jetzt wütend sein." stellte der König fest. „Zumindest ärgerlich." Aber er spürte keine Wut. Und auch keinen Ärger. Nur eine große Angst. Er bemerkte, wie er innerlich sogar zu zittern begann.

„Verdammt!" entfuhr es ihm. „Wieso lasse ich das mit mir machen?" Es war nicht das erste Mal, dass er sich diese Frage stellte. Aber er hatte keine Antwort darauf.

Er atmete tief durch und hob den Kopf, den er, wie er jetzt bemerkte, gesenkt hatte. Dann straffte er seinen Rücken und sagte laut: *Ich bin hier der König! Ich - und niemand Anderer!"*

Er spürte, wie ihm das Herz bis zum Halse schlug.

„Ich bin hier der König!" wiederholte er laut. *„Und dies hier ist mein Schloss!"*

Er atmete erneut tief durch.„Bitte hilf mir, Gott!" sagte er. „Steh' mir bei, wenn ich jetzt gleich den Schwarzen Grafen empfange! Bitte bleibe bei mir, solange er hier auf dem Schloss ist! Ich weiß, jetzt kannst nur noch Du mir helfen!" Dann stand er auf.

10

Der Schwarze Graf kochte vor Wut. Er war es nicht gewohnt, dass man ihn warten ließ. Was bildete sich dieser König eigentlich ein? Hielt er sich für so besonders, nur, weil er dieses Schloss besaß, das für ihn auf nicht nachvollziehbare Weise im ganzen Land als wunderschön galt und dazu jede Menge Ländereien besaß? Das ganze Land schwärmte geradezu von diesem König und von seinem Schloss, so, als hätte es nie etwas Schöneres gegeben!

„So ein Schwachsinn!" fauchte er.

„Sir?" Vor ihm war ein Diener des Königs getreten und verbeugte sich tief. „Wenn Ihr mir bitte folgen wollt? Der König erwartet Euch." Der Diener hatte Mühe, sein Zittern zu verbergen.

„Das will ich ihm auch geraten haben!" entgegnete der Schwarze Graf schroff, und seine Stimme und seine Haltung drückten aus, dass er mehr als unzufrieden war über diese Art des Empfangs.

Der Diener wagte kaum, sich wieder aufzurichten, geschweige denn, den Schwarzen Grafen anzusehen. Deshalb fragte er, noch immer in gebückter Haltung: „Euer Gepäck, Sir?"

„Ich habe kein Gepäck." antwortete der Graf kalt. Sprach's und ging los.

Verdattert richtete sich der Diener auf und lief hinterher. „Hier entlang!" sagte er verunsichert. „Wenn Ihr mir bitte folgen wollt!"

Der Schwarze Graf tat, als wäre der Diener gar nicht da und würdigte ihn keines Blickes. Stattdessen schritt er mit großen Schritten voran, so, als wäre er derjenige, der hier das Sagen hatte.

Hinter dem Fenster des Thronsaales stand mit einigem Anstand der König und schaute auf den Schlosshof. *„Gott steh' uns bei!"* flüsterte er. Er drehte sich um und begab sich wieder zu seinem Thron.

11

Die kleine Prinzessin war den ganzen Vormittag über im Garten gewesen und hatte gemalt, nicht nur die Hibiskusblüte, sondern auch andere Blüten. Es war wie ein Fest für sie, im Garten zu sein! Sie lauschte dem wundervollen Gesang der Vögel, hörte den Grashüpfern zu, die sich zirpend unterhielten, hörte das Plätschern des Brunnens, das Summen der Bienen und Hummeln, das Rauschen der Blätter, wenn der Wind darin spielte, das Rascheln der Käfer, wenn sie durchs Gras liefen, das Klopfen des Spechtes, das Knuspern der Eichhörnchen beim Öffnen einer Nuss, und sie hörte sogar den Flügelschlag der Schmetterlinge.

Sie kannte jeden Baum und jeden Strauch im Garten und natürlich auch jede der zahlreichen Blumen. Mit Allen sprach sie, als wären sie eine große Familie. Sie sprach nicht nur mit den Pflanzen, sondern auch mit den Tieren.

Und sie hörte ihnen zu. Wenn es nach ihr ginge, dann würde sie den ganzen Tag im Garten verbringen! Am liebsten hätte sie dort sogar geschlafen! Ja, sie träumte davon, ihr Bett im Garten aufzubauen!

„Da bist Du ja!" rief es über ihr.

Sie schaute hoch und erblickte das Rotkehlchen. Ein Lächeln huschte über ihr Gesicht.

„Täusche ich mich", begann das Rotkehlchen vorsichtig, „oder ist Etwas passiert? Sonst bleibt das Lächeln immer auf Deinem Gesicht, wenn Du mich siehst! Jetzt aber siehst Du sehr ernst aus."

Es flog näher.

„Ach, weißt Du", antwortete die kleine Prinzessin, „irgend Etwas geht vor sich im Schloss, aber niemand will mir Etwas sagen! Nicht einmal mein Vater!"

„Auch nicht Maria? Sie ist doch wie eine Mutter für Dich!"

„Ja, schon! Aber auch sie war angespannt und hat mich auf heute Abend vertröstet." Die kleine Prinzessin war auf einmal den Tränen nahe.

„Ich habe Euch vorhin gesehen." sagte das Rotkehlchen und setzte sich neben sie. „In der Küche. Ich konnte Eure Worte zwar nicht hören, aber ich habe trotzdem verstanden, dass Du keine Antwort bekommen hast und dass Du darüber sehr traurig warst."

Überrascht schaute die kleine Prinzessin das Rotkehlchen an.

„Ich saß vor dem Fenster." sagte dieses lächelnd.

„Ich habe Dich gar nicht bemerkt!"

„Das habe ich gesehen!" antwortete das Rotkehlchen. „Ich habe Dir doch gesagt, dass ich immer bei Dir sein werde, was auch immer geschieht! Und ich meine es so, wie ich es sage! Es sei denn, Du möchtest ganz für Dich sein. Möchtest Du jetzt für Dich sein?"

Die kleine Prinzessin schüttelte den Kopf.

Das kleine Rotkehlchen hüpfte ganz nah zu ihr heran, so nah, dass sein Flügel sie leicht berührte.

„Irgend Etwas geht vor sich..." wiederholte die kleine Prinzessin leise. Ihr Blick war sorgenvoll. „Ich habe in den Augen meines Vaters Etwas gesehen, das ich noch nie zuvor bei ihm gesehen habe: Angst! Ich habe Angst in den Augen meines Vaters gesehen! Und was auch immer da vor sich geht - das Schlimmste war die Angst in seinen Augen!" Sie spürte, wie die Tränen hochstiegen.

„Und hast Du irgend eine Idee, wovor Dein Vater solche Angst hat?"

Die kleine Prinzessin schüttelte den Kopf. „Das ist es ja! Ich habe keine Ahnung! Er hat mit mir nicht weiter darüber gesprochen."

„Mmmmh." machte das Rotkehlchen. „Mmmm… Was hältst Du davon, wenn ich mich mal ein bisschen umhöre? Auf einen kleinen Vogel wie mich achtet meist niemand, und dass ich Eure Sprache verstehe, weiss auch niemand, außer Dir natürlich, und wenn, dann glaubt es sowieso niemand."

„Und wohin willst Du fliegen?"

„Ich fange beim Schlosshof an und höre mich zuerst dort um. Dann fliege ich zum Thronsaal. Ich nehme an, dass Dein Vater den Schwarzen Grafen dort empfängt. Wieso bloß empfängt er ihn?"

„Und was mache ich in der Zwischenzeit?" fragte die kleine Prinzessin.

„Du bleibst am Besten hier im Garten." antwortete das Rotkehlchen. „Ich bleibe nicht lange weg. Ich komme gleich wieder! Versprochen!" Es sah sie aufmunternd an. „Bis gleich!" Und schon flog es davon.

Die kleine Prinzessin sah ihm nach. Dann atmete sie tief durch und schaute sich um. „Was könnte ich noch malen?"

12

Der Schwarze Graf kochte erneut vor Wut. Was bildete sich dieser König ein? So ein Empfang war eine Demütigung! Er, vor dem Alle, die ihm begegneten, zitterten, wurde durch die Gänge geführt von einem unbedeutenden Diener! Als wäre er irgend ein niederer Landmann!

„Das wird er mir büßen!" flüsterte der Schwarze Graf. *„Das macht er nur einmal mit mir! Das nächste Mal wird er sich so Etwas nicht erlauben!"* Er schnaubte wütend. „Wenn es ein nächstes Mal gibt!" fügte er in Gedanken hinzu.

Bei diesem Gedanken hob sich seine Stimmung ein wenig und sein Gesicht verzog sich für einen kurzen Moment zu einer bösartigen Fratze. Nur ganz kurz. Dann war sein Gesicht wieder eine steinerne Maske.

Dieser kurze Augenblick hatte genügt, um dem Rotkehlchen das Blut in den Adern gefrieren zu lassen. Es war die ganze Zeit über außen an den Fenstern entlang geflogen und hatte den Schwarzen Grafen nicht aus den Augen gelassen. Jetzt flog es so schnell es konnte, zum Thronsaal. Es wollte dessen Ankunft dort auf keinen Fall verpassen.

Dort angekommen, setzte es sich vor das Fenster, von dem aus es den besten Überblick über den Thronsaal hatte. Und es hatte Glück: An der einen Ecke des Fensters fehlte ein Stück vom Glas. Dorthin setzte es sich. So konnte es nicht nur sehen, sondern sogar hören, was im Thronsaal vor sich ging.

Der König saß auf seinem Thron. Sein Gesicht verriet nichts von dem, was in ihm vorging. Und doch spürte das Rotkehlchen, wie angespannt er war.

Ein lautes Klopfen war zu hören. Dann trat der Diener ein. Er verneigte sich vor dem König und begann zu sprechen, als sich der Schwarze Graf an ihm vorbei schob und mit großen Schritten auf den König zuging.

„So ein unverschämter Kerl!" dachte das Rotkehlchen und schaute zum König. Doch der verzog keine Miene.

Kurz vor dem Thron blieb der Schwarze Graf stehen. Ohne sich zu verbeugen, begann er direkt zu sprechen: „Eure Majestät." Er lächelte gezwungen. „Ich komme gleich zur Sache, denn deshalb bin ich hier: Ich möchte ein Geschäft mit Euch machen."

Das Rotkehlchen horchte auf. Was für ein Geschäft sollte das sein? Und überhaupt, wieso sollte der König an einem Geschäft mit dem Schwarzen Grafen interessiert sein?

Der König verzog noch immer keine Miene. „Ich höre." sagte er knapp.

Dass der König so gar keine Reaktion zeigte, schien den Schwarzen Grafen doch zu irritieren. Er kniff die Augen zusammen und schien über Etwas nachzudenken.

Der König sah ihn wortlos an und wartete.

„Ich habe den langen Weg zu Euch auf mich genommen", sagte der Schwarze Graf schließlich, „weil Ihr der Einzige seid, mit dem ich mir, wie soll ich es nennen, eine..." Er zögerte kurz. „...Zusammenarbeit vorstellen kann."

„Zusammenarbeit?" dachte das Rotkehlchen. „Das meint er doch nicht ernst! Der lügt doch, wenn er den Mund aufmacht. Der hat doch nur Interesse an sich selber!"

Der Schwarze Graf schien erneut eine Reaktion des Königs erwartet zu haben, denn für einen kurzen Augenblick zog er irritiert die Augenbrauen zusammen, so, als könne er die Situation und den König nicht einschätzen, was ihm überhaupt nicht zu gefallen schien.

„Wunderbar!" dachte das Rotkehlchen. „Dieser fürchterliche Graf scheint ja doch nicht unerschütterlich zu sein. Im Gegenteil: Die abwartende Haltung und das Schweigen des Königs machen ihn eindeutig nervös. Wunderbar!"

Der König hielt dem Blick des Schwarzen Grafen stand, noch immer, ohne Etwas zu sagen.

„Ihr schweigt, Hoheit." sagte der Schwarze Graf, jetzt sichtlich bemüht, sich seine Nervosität nicht anmerken zu lassen. „Wie darf ich das deuten?"

„Ich bin an einer Zusammenarbeit mit Euch nicht interessiert." antwortete der König. Der Satz durchschnitt die Luft wie ein Messer.

Das Rotkehlchen traute seinen Ohren nicht.

Doch es ging noch weiter: „Ich möchte Euch, Graf, des weiteren bitten, mein Schloss wieder zu verlassen. Ich habe Euch niemals hierher eingeladen, das habt Ihr selbst auf dreiste Weise getan. Und ich habe es aus einem...schwachen Moment heraus zugelassen. Aber nun möchte ich Euch nicht länger als meinen „Gast" auf diesem

Schloss beherbergen. Und auch wenn Euch diese meine Worte treffen sollten, so kann ich nur hinzufügen, dass es an der Zeit war, Klartext zu reden!" Er stand auf und zeigte zur Tür. „Wenn ich Euch nun bitten darf, den Thronsaal zu verlassen! Mein Diener wird Euch den Weg zu Eurer Kutsche weisen!" Mit diesen Worten beendete der König das Gespräch und verließ durch die Tür hinter dem Thron den Thronsaal.

Der Schwarze Graf stand für einen kurzen Moment mit offenem Mund da. Doch dann fing er sich schnell wieder. Vor Wut kochend stieß er den Diener, der auf ihn zugetreten war, beiseite und schrie: *„Das werdet Ihr mir büßen, Majestät! So lasse ich mich nicht behandeln! So nicht! Das wagt Ihr nur einmal!!"* Mit donnernden Schritten eilte er zur Tür. *„Ihr werdet Euch wünschen, mir niemals begegnet zu sein!!"* schrie er. *„So wahr ich der Schwarze Graf bin! Ich werde..."*

Vom Garten her war ein lautes, fröhliches Lachen zu hören. „Jasmin!" dachte das Rotkehlchen und drehte sich in Richtung Garten.

Als es sich wieder dem Thronsaal zuwandte, blieb ihm sein Herz fast stehen: In der offenen Tür des Thronsaales stand der Schwarze Graf und sah aus, wie der Teufel selbst. Sein Gesicht war zu einer solchen Fratze verzogen, dass das Rotkehlchen sich fürchtete.

„Ich werde Rache nehmen!" schrie der Schwarze Graf und hob drohend den Arm. *„An Euch und an Allen, die Euch nahe stehen! Das verspreche ich Euch!"* Er schoss durch die große Flügeltür hinaus.

„Du liebe Güte!" flüsterte das Rotkehlchen und schaute erschrocken auf den Thronsaal hinunter, in dessen Mitte noch immer der vor Schreck erstarrte Diener stand und nicht wusste, was er tun sollte.

Was hatte das zu bedeuten? Immerhin hatte der König die letzten Tage alles in Gang gesetzt, um den Schwarzen Grafen zu empfangen. Das gesamte Personal war Tag und Nacht beschäftigt gewesen mit all den Vorbereitungen. Und nun das! Woher kam der Sinneswandel? Was mochte geschehen sein, dass der König so reagiert hatte? Und ob er mit einer derartigen Reaktion des Schwarzen Grafen gerechnet hatte?

Er hörte, wie Jasmin im Garten sang.

„*Jasmin!*" flüsterte es. Ein furchtbarer Gedanke durchfuhr es. Ihm wurde eiskalt, und es begann zu zittern.

Im nächsten Augenblick hörte er einen Schrei, der ihm das Blut in den Adern gefrieren ließ.

Der Schrei kam aus dem Garten.

13

Noch bevor sie wusste, wie ihr geschah, wurde die kleine Prinzessin gepackt und vom Boden hochgerissen.

„*Nein!*" schrie sie.

Eine große Hand drückte ihr den Mund zu, so dass sie nicht mehr schreien konnte. Sie zappelte wie wild und versuchte, sich zu befreien. Im nächsten Moment bekam sie einen Schlag auf den Kopf und wurde bewusstlos.

„*Ihr werdet Euer Verhalten noch bereuen!*" schrie der Schwarze Graf mit böser Stimme. „*Was Ihr mir angetan habt, das werde ich Euch nie vergessen! Niemals! Hört ihr?! Niemals!!!*"

Er rannte zu seiner Kutsche, die kleine Prinzessin unter dem Arm. „*Ich werde Euch das Liebste nehmen, das Ihr habt! Damit Ihr lernt, was Schmerz bedeutet! Und ich verspreche Euch, Ihr werdet einen solchen Schmerz verspüren, dass Ihr Euch wünscht, nie geboren worden zu sein!*" Er erreichte seine Kutsche, riss die Tür auf, warf die noch immer ohnmächtige kleine Prinzessin hinein und sprang hinterher. Im nächsten Moment fuhr die Schwarze Kutsche wie vom Teufel getrieben davon.

„Jasmin!" rief das Rotkehlchen. Es schoss fast senkrecht hinunter in den Garten. *„Jasmiiin!"*
Keine Antwort.
„Jasmin! So antworte doch!" rief es. Sein Herz schlug ihm bis zum Hals.
Als es unten im Garten ankam, sah es, dass an dem Rosenstrauch, an dem die kleine Prinzessin und er sich zuvor getroffen hatten, ein großer Zweig abgebrochen herunter hing. Von der kleinen Prinzessin war weit und breit nichts zu sehen.
„Jasmiiin!" rief das Rotkehlchen. *„Wo bist Du? Bitte sag' doch was!"*
Da sah es die Spuren im Sand: Die Erde war zerwühlt, so, als hätte ein Kampf statt gefunden. Entsetzen packte es. *„O, nein! O, nein! Jasmin! Was ist geschehen?"*
Es ließ sich auf dem Rosenstrauch nieder. *„Jasmin!"* flüsterte es.
Der zarte Duft ihres Kleides hing noch in der Luft, aber auch der Geruch von großer Angst.
„Jasmin!" flüsterte das Rotkehlchen. Es begann zu weinen. *„Was ist mit Dir geschehen?"*
Erst jetzt sah es die Abdrücke großer schwerer Männerschuhe. *„Der Schwarze Graf!"* flüsterte es entsetzt. *„Er hat sie mitgenommen!"* Das Rotkehlchen glaubte, sein Herz würde jeden Augenblick stillstehen.
„Und ich war nicht da! O, nein! Ich habe ihr doch gesagt, dass ich bei ihr bin, was auch immer passiert!" Es schlug die Flügel vor's Gesicht. Dicke Rotkehlchentränen liefen ihm über's Gesicht und tropften zu Boden.
„Jasmin! Es tut mir so leid!" flüsterte es.
Doch dann richtete sich auf. „Ich habe ihr gesagt, dass ich immer bei ihr sein werde!" sagte es zu sich selbst und wischte sich die Tränen aus dem Gesicht. „Und das werde ich auch! Ich werde sie finden!

Egal, wo sie ist! Ich lasse sie nicht allein! Ich werde alles tun, um sie aus den Händen des Schwarzen Grafen zu befreien! Ich werde heraus bekommen, wohin er sie gebracht hat! Und dann wollen wir doch mal sehen, wer der Stärkere ist!" Er hob vom Boden ab. „Ich werde Dich finden, Jasmin!" rief es. „Darauf kannst Du Dich verlassen! Ich rette Dich!"

Als es über den Schlosshof flog, sah es im Sand die Spuren der Schwarzen Kutsche.

„Ich bin vielleicht klein", sagte es laut, „aber das heißt noch lange nicht, dass ich machtlos bin!" Sprach's und flog, so schnell es konnte, immer der Spur nach.

15

Die kleine Prinzessin schlug die Augen auf. *„Wo bin ich?"* flüsterte sie. Sie spürte, wie unter ihr alles wackelte. Sie versuchte, Etwas zu erkennen, aber es war vollkommen dunkel um sie herum.

„Willkommen, Prinzessin!" sagte eine tiefe Stimme in die Dunkelheit hinein. Eisige Kälte ging von ihr aus.

Die kleine Prinzessin erschrak. „Wer ist da?" rief sie. Doch sie bekam keine Antwort. „Ich will sofort hier raus!" rief sie zornig. „Ich will nach Hause zu meinem Vater! Wer auch immer Ihr seid, Ihr habt kein Recht, mich hier fest zu halten! Und überhaupt: Wieso bin ich hier gefangen? Ich habe keine Erinnerung daran, das ich gefragt worden bin, ob ich mit will!"

Neben ihr erscholl ein heiseres Lachen aus der Dunkelheit. „Gefragt! Guter Witz!"

„Wer seid Ihr?" rief die kleine Prinzessin. „Und wieso versteckt Ihr Euer Gesicht vor mir? Seid Ihr zu feige, Euch zu zeigen?"

Ein Schweigen erfüllte die Kutsche, das bedrohlicher nicht hätte sein können.

„Ich habe Euch Etwas gefragt!" rief die kleine Prinzessen ärgerlich. Doch innerlich zitterte sie.

„Und ich" flüsterte die dunkle Stimme, „entscheide selbst, wem ich antworte."

Jasmin hatte den Eindruck, als sei die Stimme näher gekommen.

„Ihr seid unverschämt!" rief sie.

„Unverschämt?" Die Stimme klang höhnisch. „Unverschämt ist nur Einer, und das ist Euer Vater!"

„Mein Vater? Was hat mein Vater damit zu tun? Ich kann mir nicht vorstellen, dass er jemals zu irgend Jemandem unverschämt ist! Und wenn er das tatsächlich Euch gegenüber war, dann, weil Ihr es verdient habt!"

Sie ballte vor Zorn ihre Fäuste.

„Aber das wird Euer Vater noch bereuen! Bitter bereuen!" Die Dunkle Stimme klang jetzt wie eine zischende Schlange. „Euer Vater wird sich noch wünschen, mich niemals so behandelt zu haben! Er wird sehr bald schon am eigenen Leibe erfahren, was es heißt, Schmerz zu spüren! So wahr ich..." Die Dunkle Stimme hielt abrupt inne.

Die kleine Prinzessin spürte, wie ihr Körper zu zittern begann. Das konnte nur der Schwarze Graf sein, mit dem sie hier in der dunklen Kutsche war. Ein eiskalter Schauer lief ihr über den Rücken. Was war zwischen ihrem Vater und dem Schwarzen Grafen vorgefallen? Was hatte er jetzt vor? Und wieso lag sie hier in seiner Kutsche? Was wollte er von ihr?

„Ich will raus hier!" rief sie. „Ich will sofort hier raus!"

Zu ihrer Überraschung hielt die Kutsche in diesem Moment an. Sie sprang auf und wollte dort, wo sie die Tür vermutete, hinausspringen. Doch es gab keine Tür. Sie sprang zur gegenüber liegenden Seite, dort, wo normaler Weise bei einer Kutsche eine weitere Tür war. Doch auch hier war kein Türgriff.

„Die Türen!" rief sie. „Wo sind sie? Ich will hier raus!"

„Türen?" hörte sie den Schwarzen Grafen sprechen. „Da sind keine Türen!"

„Aber, aber..." Die kleine Prinzessin merkte, wie Angst von ihr Besitz ergriff.

„Und jetzt Schluss mit dem Rumgezicke!" sagte der Schwarze Graf. Im nächsten Moment griff eine Hand nach ihr und drückte ihr den Mund zu.

Die kleine Prinzessin wollte schreien, doch eine zweite Hand drückte ihr die Kehle zu. Gleich darauf sank sie bewusstlos in sich zusammen.

„Na, bitte." sagte der Schwarze Graf. „Geht doch! Ich habe schon viel zu lange zugehört!"

Das Schnipsen von Fingern klang durch die Kutsche, und im nächsten Augenblick setzte sich diese wieder in Gang.

„Er wird mich noch um Gnade anflehen!" flüsterte der Schwarze Graf.

Dann war es still.

16

„Was war das für ein Schrei?" Der König war aufgesprungen. Der Schrei war aus dem Garten gekommen. *„O, mein Gott! Jasmin!"* rief er und rannte los.

Als er im Garten ankam, sah er neben dem gelben Rosenstrauch am Teich, dem Lieblingsplatz seiner Tochter, Papier und Buntstifte quer verteilt auf dem Boden liegen. Der Sand rings herum war aufgewühlt.

„O nein!" flüsterte er.

Er rannte zum Schlosshof, dort, wo noch vor wenigen Minuten die Kutsche des Schwarzen Grafen gestanden hatte. Doch der Schlosshof war leer. Die Kutsche war weg.

„*Er hat sie mitgenommen!*" flüsterte er. Entsetzen erfasste ihn. „*O, mein Gott, Jasmin! Jasmin!*" Ihm war, als würde sein Herz stehen bleiben.

Dann rannte er zu den Ställen.

17

Das Rotkehlchen flog so schnell, wie es noch nie zuvor in seinem Leben geflogen war. Die Vögel, die es sahen, schauten ihm verwundert hinterher.

„Schneller!" trieb es sich immer wieder selbst an. „Ich muss noch schneller fliegen! Ich muss zu Jasmin, bevor der Schwarze Graf ihr Etwas tut!"

Es schlug so schnell mit den Flügeln, wie es nur konnte. Dabei hielt es sich immer über dem Sandweg, auf dem die Spur der Schwarzen Kutsche deutlich zu sehen war.

„Ich muss sie finden! Ich muss!! *So* schnell wie möglich!"

Der Weg führte schon bald in ein Wäldchen. Obwohl es dort erheblich dunkler war, konnte das Rotkehlchen die Spur der Kutsche gut erkennen.

„Wohin fährt er nur?" dachte es. „Wenn ich doch nur wüsste..."

Die letzten Worte hatte es, ohne es zu bemerken, laut ausgesprochen.

„Wenn Du *was* wüsstest?" rief ihm ein Fuchs von unten zu.

Erstaunt blickte das Rotkehlchen nach unten.

„Kann ich Dir helfen?" rief der Fuchs, dem nicht entgangen war, wie aufgeregt das Rotkehlchen war.

„Das glaube ich kaum!" antwortete das Rotkehlchen. „Ich folgen dem Schwarzen Grafen. Er hat die kleine Prinzessin entführt und ist mit ihr in seiner Kutsche unterwegs. Ich muss sie so schnell wie möglich finden!"

„Warte!" rief der Fuchs. „Vielleicht kann ich Dir helfen! Der Schwarze Graf, sagst Du? In seiner Schwarzen Kutsche? Und Du folgst ihr?"

Das Rotkehlchen nickte. Dann verlangsamte es seinen Flug und landete neben dem Fuchs auf dem Sandboden.

„Die ist hier vorbeigekommen." sagte der Fuchs. „Und zwar in einem Tempo, als säße der Teufel persönlich auf dem Kutschbock! Das ist noch nicht lange her!"

„Dann muss ich schnell weiter!" rief das Rotkehlchen und wollte weiterfliegen.

„Moment noch!" rief der Fuchs. „Ich glaube, ich kann Dir helfen!"

„Und wie?" Das Rotkehlchen sah ihn fragend an. „Ich habe keine Zeit! Ich muss die kleine Prinzessin so schnell wie möglich finden! Ich muss sie retten!"

„Komm her und setz' Dich neben mich!" sagte der Fuchs. „Hör mir genau zu!"

Das Rotkehlchen überlegte kurz. Doch dann entschied es sich, dem Fuchs zuzuhören. Es hatte mit Einigem gerechnet, aber nicht mit dem, was es jetzt zu hören bekam.

18

Die Nachricht vom Verschwinden der kleinen Prinzessin verbreitete sich wie ein Lauffeuer im Schloss. Entsetzen machte sich überall breit. Zwei der Mägde fielen sogar in Ohnmacht. Die meisten Anderen standen unter Schock.

Auch Maria, die Köchin, die sonst nichts so schnell aus der Ruhe bringen konnte, musste sich am Tisch festhalten, als sie hörte, was geschehen war. *„O, mein Gott!"* flüsterte sie. *„Jasmin!"*

Sie war dem Schwarzen Grafen bisher noch nicht begegnet, aber sie kannte die Geschichten, die man sich im ganzen Land über ihn erzählte. Alleine das Wissen von seinem Kommen hatte bei ihr ein starkes körperliches Unwohlsein verursacht. Und seine spätere Anwesenheit auf dem Schloss hatte sie als eine so tiefe Bedrohung empfunden, dass sie keine Sekunde lang daran zweifelte, dass die Geschichten über ihn wahr waren.

„Wir müssen Jasmin da rausholen!" sagte sie. „Und wenn ich es eigenhändig mache!" Sie stand auf, warf das Leinentuch, das sie die ganze Zeit über in den Händen gehalten hatte, auf den Tisch und machte sich auf den Weg zum Gemach des Königs.

19

Das Pferd war binnen weniger Minuten gesattelt. Der König sprang auf und verließ gleich darauf mit hohem Tempo das Schloss. Er hatte darauf bestanden, alleine zu reiten, obwohl seine Leibwache ihn förmlich beschworen hatte, nicht allein zu reiten.

„Das ist allein *meine* Angelegenheit!" hatte er nur geantwortet.

Die Stimmen der Angst ritten mit ihm. Was, wenn er zu spät kommen würde? Was, wenn er Jasmin nicht finden würde? Was, wenn er sie nie wiedersehen würde? Die Angst flüsterte und zischte mit vielen Zungen. Immer wieder verscheuchte er diese Gedanken.

„Nein!" rief er ein ums andere Mal. „Weg mit Euch! Ich will Euch nicht hören! Ich glaube Euch nicht! Verschwindet!"

Doch die Angst zischte weiter.

Und während das Pferd über den holprigen Sandweg galoppierte, begann er laut zu beten.

20

Als die kleine Prinzessin erwachte, war noch immer alles dunkel um sie herum. „Wo bin ich?" dachte sie. „Bin ich noch immer in der Kutsche?" Doch dann bemerkte sie, dass unter ihr alles ruhig war. Entweder stand die Kutsche, oder sie war woanders. Aber wo?
Sie versuchte, in der Dunkelheit Etwas zu erkennen. Es dauerte eine Weile, aber dann sah sie die Umrissen eines kleinen Fensters. Wie es schien, war es bereits dunkle Nacht, eine Nacht, in der der Mond sich hinter dicken Wolken versteckte.
Sie stand auf. Ihr Kopf schmerzte, und ihr war schwindelig. Sie fühlte die Stellen an ihren Armen, an denen der Schwarze Graf sie gepackt und fortgeschleppt hatte. Sie bekam es mit der Angst! Was sollte das Ganze? Was hatte dieser widerliche Mensch vor?
Doch dann wurde sie wütend! Was fiel ihm ein, ihr so weh zu tun? Den Mund hatte er ihr mit seiner großen stinkenden Hand zugehalten, als sie um Hilfe geschrieen hatte im Garten, und ihre Arme hatte er gepackt und festgehalten, als sie ihn mit ihren Fäusten hatte schlagen wollen. Nur ihre Beine hatte er nicht festhalten können, und so hatte sie ihn mehrmals kräftig getreten, bis er sie in die Kutsche geworfen hatte, wo sie mit dem Kopf an irgend Etwas geknallt war, so dass sie das Bewusstsein verloren hatte.
„So ein Mistkerl!" rief sie. „Ich verfluche Dich, Du Dreckskerl! Hörst Du? Ich verfluche Dich bis ins Innerste Deiner Knochen!" Vor Wut stampfte sie mit dem Fuß auf. Auf ihrer Stirn hatte sie eine tiefe Zornesfalte. „Du, Du, Du elende Ratte! Wie kannst Du so Etwas tun!?"

Im nächsten Augenblick spürte sie wieder Angst. Sie schloss die Augen. „Was soll ich denn bloß tun?" dachte sie.

Als sie die Augen wieder öffnete, war sie verwundert über die Helligkeit, die sie auf einmal umgab. Da sah sie, dass das Mondlicht durch das Fenster fiel. Sie trat näher heran und schaute hinaus. Der Himmel war auf einmal wolkenlos und klar. Unzählige, kleine und große Sterne funkelten am Himmel. Am hellsten aber war der Mond.

„Vollmond!" flüsterte sie. Ein Lächeln huschte über ihr Gesicht. An Vollmond ist alles möglich, hatte ihre Mutter immer gesagt.

Und sie hatte recht gehabt, jedes Mal: Einmal konnte Jasmin tagelang ihre Lieblingspuppe nicht finden und war untröstlich. Aber dann war Vollmond, und sie fand ihre Puppe wieder. Ein anderes Mal hatten vertrocknete Blumen, die ihre Mutter schon hatte herausreißen wollen, an Vollmond wieder zu wachsen und sogar zu blühen begonnen. Und wiederum ein anderes Mal war ihr Lieblingshund sehr krank gewesen, so sehr, dass alle gesagt hatten, er würde die Nacht nicht überleben. Doch es war Vollmond gewesen, und am nächsten Morgen war er wieder fröhlich im Garten herumgesprungen. *An Vollmond war eben alles möglich! D*as wusste sie.

Sie beugte sich so weit aus dem Fenster, wie sie konnte und schaute zum Mond hoch. *„Wie schön Du bist!"* flüsterte sie.

Als sie jedoch nach unten schaute, erschrak sie. Dass sie in so Etwas wie einem Turm war, das hatte sie sich schon gedacht, aber dass dieser *so* hoch war, hatte sie nicht gedacht.

„Wer soll denn hier hinaufkommen können?" dachte sie, und ihr Herz wurde ihr schwer. Auf einmal fühlte sie sich so allein und verlassen, dass sie zu weinen begann. Niemand war da, den sie um Hilfe bitten konnte.

„Der Turm ist so hoch, da bin ich sofort tot, wenn ich hinunter springe." dachte sie. Sie blickte erneut in die Tiefe. „Ich sitze fest. Und niemand weiß, wo ich bin…"

Plötzlich kroch Angst in ihren Körper. *„O, bitte, Gott, hilf mir!"* flüsterte sie. *„Ich kann hier nichts tun! O, bitte, hilf mir!"* Sie weinte bitterlich, und ihre Tränen tropften hinab in die Tiefe.

Nach einer Weile hob sie den Kopf und schaute erneut zum Mond. *„An Vollmond ist alles möglich!"* flüsterte sie. Sie wischte sie sich die Tränen vom Gesicht.

Dann atmete tief durch.

„Es gibt eigentlich nur eine einzige Möglichkeit, hier rauszukommen", dachte sie, „und das ist durch die Tür."

Der Mond schien so hell durchs Fenster, dass sie die Tür sofort sah: Es war eine dicke, schwere Holztür, nicht sehr groß und auch nicht sehr hoch und mit einem großen Schloss.

„Das heißt, es gibt irgendwo einen Schlüssel, der zu dieser Tür passt und der sie öffnen kann." dachte sie. „Ich bräuchte also nur Jemanden, der heraus bekommt, wo der Schlüssel ist und ihn mir bringt. ...aber wer weiß denn, wo ich bin?" Das Herz wurde ihr schwer. „Wie soll mich denn hier jemand finden?" Sie schluckte. „Der Schwarze Graf hat bestimmt keinen Hinweis hinterlassen!" Sie begann wieder zu weinen.

Doch diesmal täuschte sich die kleine Prinzessin. In seiner blinden Wut hatte der Schwarze Graf nämlich auf alles Andere geachtet als darauf, keine Spuren zu hinterlassen. Und so hatte die Schwarze Kutsche an vielen Stellen Zweige und zum Teil sogar ganze Äste abgeknickt. Die Kutsche war mit einem so hohen Tempo über die holprigen Wege gerast, dass sie immer wieder ins Wanken geraten war und dabei Büsche und Bäume gestreift hatte. Bis auf wenige Ausnahmen war sehr deutlich zu sehen, wo die Schwarze Kutsche gefahren war. Die hellen Stellen der abgebrochenen Äste waren selbst bei Dunkelheit zu erkennen.

Genau dieser Spur und den Spuren im Sand folgte der König. Doch das wusste die kleine Prinzessin natürlich nicht, und auch nicht, dass das Rotkehlchen auf dem Weg zu ihr war. Und so stand sie mitten in dem kleinen Raum hoch oben im Turm und weinte bitterlich.

Nachdem das Rotkehlchen den Fuchs verlassen hatte, hatte es keine Angst mehr, den richtigen Weg nicht zu finden.

Denn der Fuchs hatte ihm ein Geheimnis anvertraut: Überall dort nämlich, wo die Mächte der Finsternis versuchten, an Macht zu gewinnen und sich an Unschuldigen vergriffen - so, wie es in diesem Fall der Schwarze Graf getan hatte, indem er die kleine Prinzessin verschleppt hatte -, leuchteten kleine Lichter. Sie leuchtete elf Stunden lang, und zwar überall dort, wo zuvor die Dunkelheit aufgetaucht war. Niemand, nicht einmal der Fuchs, wusste, woher diese Lichter kamen.

Doch nicht Jeder konnte diese Lichter sehen! Das war das zweite große Geheimnis: Die Mächte der Finsternis oder Jemand, der auf irgend eine Weise mit ihnen in Verbindung stand, waren unfähig, die Lichter zu sehen.

Das Rotkehlchen aber konnte sie sehen! Es hatte die Lichter sogar bereits gesehen, nur hatte es gedacht, es seien Glühwürmchen und sich gewundert, dass es so viele waren und vor Allem, dass sie so lange leuchteten. Doch als der Fuchs ihm von den geheimnisvollen Lichtern erzählt hatte, da hatte es sofort gewusst, dass es keine Glühwürmchen gewesen waren, die es gesehen hatte. Es waren die Lichter gewesen, und sie hatten ihm den Weg gewiesen!

„Hab' Vertrauen!" hatte der Fuchs zu ihm gesagt. „Die Lichter sind ehrlich. Sie belügen Dich nicht. Du brauchst keine Angst zu haben, dass sie Dich in die Irre führen. Du kannst ihnen wirklich vertrauen!

Wenn Du der Spur der Schwarze Kutsche folgst, werden immer auch die Lichter da sein, und wenn Du die Spur mal nicht sehen kannst, dann folge einfach nur den Lichtern. Sie weisen Dir den Weg und bringen Dich ans Ziel!" Das Rotkehlchen hatte genickt, sich bedankt und war weiter geflogen.

Seitdem trug es eine unerschütterliche Zuversicht in seinem Herzen, dass es die kleine Prinzessin finden und alles gut werden würde!

Es hatte schnell zu dämmern begonnen, viel schneller als die Tage zuvor. Schon bald flog das Rotkehlchen in nächtlicher Dunkelheit. Das hatte es noch nie getan. Doch zu seiner Überraschung war es überhaupt kein Problem, und das lag nicht nur an den Lichtern. Es lag vor allem daran, dass es keine Angst mehr hatte, seit es dem Fuchs begegnet war! Und auf wunderbare Weise kam es ihm seitdem so vor, als flöge es gar nicht selber, sondern als würde es geflogen, von einer Kraft, die größer und weiser war als es selber.

Und so flog es weiter durch die Nacht, so, als hätte es nie etwas Anderes getan. „Ich werde sie finden!" sagte es zu sich selbst. „Ich weiß es! Und alles wird gut!"

22

„Bitte lass' die Spur nicht irgendwann aufhören!" dachte der König. Sein Herz klopfte ihm bis zum Hals.

„Bitte, Gott!" flüsterte er. *„Beschütze Jasmin! Lass nicht zu, dass ihr etwas Böses geschieht! Ich bitte Dich! Ich liebe sie so sehr!"*
Er schluckte. Ihm wurde auf einmal übel vor Angst.
Im nächsten Augenblick jedoch spürte er, wie Wut durch die Übelkeit brach.

„Wenn er ihr irgend Etwas antut", flüsterte er, „dann, dann..." Er richtete sich auf. „Dann töte ich Dich, hörst Du? Wenn Du ihr auch nur das Geringste antust, dann töte ich Dich! Und wenn es das Letzte ist, was ich tun werde!"

Er bemerkte, dass der Gedanke ihm gut tat. Er gab ihm das Gefühl, nicht hilflos zu sein, und das gab ihm Kraft. Die Angst um seine Tochter spürte er in diesem Moment nicht mehr. Hätte er sie zugelassen, er wäre ohnmächtig geworden.

23

„Das wollen wir doch mal sehen, wer hier der Stärkere ist!" sagte der Schwarze Graf und grinste teuflisch. Er saß in seinem riesigen Esszimmer an einem langen Tisch und ass genüsslich einen Fasan, den er am Morgen selbst erlegt hatte. Er liebte die Jagd, aber mehr noch liebte er das Töten. Das Leben eines anderen Lebewesens auszulöschen gab ihm ein unendlich großes Glücksgefühl. Er fühlte sich dann so stark und unbesiegbar wie ein mächtiger König, dem die ganze Welt Untertan war.

Er wischte sich die Mischung aus Öl und Blut von den Lippen. Er liebte es, in blutiges Fleisch zu beissen. „Köstlich!" sagte er mit einem zufriedenen Lächeln, als er das leinerne Mundtuch neben den Teller legte. „Köstlich!" Er rülpste laut. Dann pulte er sich mit dem Nagel des kleinen Fingers, der extra lang war, einen Rest Fleisch aus den Zähnen.

Schließlich schob er den großen Eichenstuhl, auf dem er gesessen hatte, zurück und stand auf. Er dachte kurz nach: Sollte er noch einmal zu der Gefangenen gehen? Ihr vielleicht Etwas zu essen oder zu trinken bringen? „Ach, was!" sagte er laut. „Ich lasse sie da oben schmoren! Soll sie richtig hungrig und durstig einschlafen. Dann spürt auch sie mal, was es heißt, nicht nur auf Gold und Seide gebettet zu sein!" Er gähnte laut. „Und außerdem habe ich heute Abend keine Lust mehr, all die Stufen hochzusteigen. So wichtig ist die Kleine dann doch nicht!" Er gähnte erneut. „Ich brauche sie nur für meine Rache. Sie und ihr Vater sollen spüren, was es heißt, mich nicht ernst zu nehmen!" Er gähnte ein weiteres Mal, diesmal lauter als zuvor.

„Verdammt, bin ich müde!" fluchte er. Er hasste es, müde zu sein. Am liebsten wäre ihm gewesen, wenn er überhaupt keinen Schlaf benötigen würde. Schlafen fand er vergeudete Zeit, ein sinnloses Abgeben von Kontrolle, das ihn jedes Mal wieder ärgerlich machte.

Doch bisher hatte er den Schritt noch nicht gewagt, sich für ein Leben als Untoter zu entscheiden. „Wieso eigentlich nicht?" dachte er, während er sich auf den Weg in sein Schlafgemach machte. Ja wieso eigentlich nicht? Er hatte lange genug als Mensch gelebt, und gefallen hatte es ihm ganz und gar nicht. Die Mächte der Finsternis, das war seine Welt! Dort fühlte er sich wohl und Zuhause, sie gaben seinem Leben einen Sinn. Vielleicht war es jetzt Zeit, den letzten Schritt zu machen. Der Gedanke gefiel ihm. Und die kleine Prinzessin konnte ihm dabei gute Dienste leisten. Schließlich bedurfte es eines Kindes.

„Herrscher der Finsternis!" rief er laut, während er den langen Flur entlang lief. Er musste grinsen. Seine buschigen Augenbrauen verzogen sich dabei so, dass sein Gesicht einen diabolischen Ausdruck bekam. Ja, das könnte ihm gefallen. Sein Schwarzes Schloss als Mittelpunkt der Finsternis, und er der Herrscher darüber. Sein teuflisches Grinsen wurde noch breiter. Diese Vorstellung gefiel ihm, sie gefiel ihm sogar sehr! Sie gefiel ihm ausnehmend gut!

„Nun gut!", sagte er und blieb vor einem großen Spiegel stehen, in dem sein Bild nur flackernd zu sehen war. „Ich werde heute Nacht ein wenig schlafen. Schließlich wartet Großes auf mich und noch - bin ich ein Mensch!" Sein eiskaltes Lachen hallte durch die Gänge.

Obwohl das Rotkehlchen nun schon seit geraumer Zeit unterwegs war, wurde es zu seiner Überraschung überhaupt nicht müde. Im Gegenteil: Je länger es flog, um so kraftvoller fühlte es sich. Die Lichter wiesen ihm dabei die ganze Zeit über klar und deutlich den Weg.

Plötzlich jedoch hörten die Lichter auf. Erschrocken hielt das Rotkehlchen inne. „Wieso das jetzt?" dachte es.

Da sah es auf dem Boden vor sich Bremsspuren. *„Die Schwarze Kutsche hat hier angehalten!"* flüsterte es. Dass die Spuren dahinter nicht weitergingen, konnte nur eins heißen: Es war am Ziel!

Das Rotkehlchen ließ sich auf dem Zweig einer Buche nieder. Wo war es hier?

Als es den Kopf hob, sah es einen hohen Turm. Nicht weit von ihm entfernt, ragte er hoch in den Himmel. Er war so schwarz und so hoch, dass es ihn nicht gleich gesehen hatte. Das Rotkehlchen zuckte erschrocken zusammen, so bedrohlich wirkte der Turm.

„Was ist das für ein Turm?" dachte es. „Und wieso haben die Lichter mich genau hier hergeführt?"

Auf einmal kam der Mond hinter den Wolken hervor, und das Rotkelchen erkannte, dass der Turm nur ein Teil eines großen Gebäudes war.

„Das Schwarze Schloss!" flüsterte es.

Wenn der Schwarze Graf mit der kleinen Prinzessin hier hergefahren war, dann war es tatsächlich am Ziel. Fragte sich nur, wohin der Schwarze Graf sie gebracht hatte. In ein Verließ tief unter der Erde? Die Schlösser und Burgen hatten ja so Etwas, ein dunkles, feuchtes Verlies, in dem die Gefangenen wie Ratten gehalten wurden. Meist gab es nur einen Zugang dazu, und der war stets gut bewacht. Das

Rotkehlchen überlegte. Sollte die kleine Prinzessin im Verließ des Schwarzen Schlosses sein, dann würde es schwer werden.

Aber vielleicht war Jasmin ja gar nicht unter der Erde, sondern *„…in einem hohen Turm!"* flüsterte es.

Es starrte zum Turm hoch. Täuschte es sich oder war da oben eine kleine Öffnung? Aber ja! Da war eindeutig ein kleines Fenster! Und dahinter bewegte sich Etwas! Dort oben war jemand! Sein Herz begann zu rasen. Ohne weiter nachzudenken, flog es auf den Turm zu.

Der Mond schien jetzt besonders hell. Schon bald konnte das Rotkehlchen erkennen, dass es sich tatsächlich um ein Fenster handelte, ein kleines Fenster mit Gitterstäben davor. Je näher es kam, um so aufgeregte wurde es.

„Jasmin!" flüsterte es. War es wirklich die kleine Prinzessin gewesen, die es hinter dem Fenster gesehen hatte?

Im nächsten Augenblick glaubte es, jemanden leise weinen zu hören. Doch dann war wieder alles still, und es war nur noch der Wind zu hören, der um den Turm strich.

Ihn trennten nur noch wenige Meter von dem Fenster.

„Jasmin!" rief es, so laut es konnte. *„Jasmin! Ich bin es! Ich bin gleich bei Dir!"*

Da fiel ein Schuss. Im nächsten Augenblick spürte das Rotkehlchen einen stechenden Schmerz am rechten Flügel. Dann verlor es das Bewusstsein.

„Verdammte Fledermäuse!" fluchte der Schwarze Graf, der am Fenster des Schlafzimmers gestanden und in den Nachthimmel geschaut hatte. „Ungeziefer! Ihr seid wirklich zu nichts nütze! Vertrödelt eure Zeit mit Herumfliegen, statt mir zur Seite zu sein! Es wird Zeit, dass ich allein die Macht über alles übernehme! Dann werde ich Euch und allen Anderen schon beibringen, was ihr zu tun habt!" Er drehte sich um und ging zurück zum Bett.

Währenddessen trudelte das verletzte Rotkehlchen bewusstlos durch den dunklen Nachthimmel.

Die kleine Prinzessin stand am Fenster des Turmes und zitterte vor Aufregung. Sie glaubte, ihren Namen gehört zu haben, kurz bevor ein Schuss die nächtliche Stille zerrissen und sie sich fast zu Tode erschreckt hatte. Sie beugte sich so weit vor, wie sie konnte und versuchte, irgend Etwas zu erkennen. Doch obwohl der Mond schien, konnte sie nichts erkennen. Alles war dunkel - und still.
„Ich muss mich wohl getäuscht haben..." dachte sie traurig und ließ den Kopf sinken.
Sie begann wieder zu weinen. Ihre Tränen tropften auf den Boden des Turmzimmers. Ihr Herz wurde ihr mit einem Mal so schwer, dass es sich anfühlte, als hätte sie einen Stein in ihrer Brust. *„Du bist verloren!"* wisperten Stimmen in ihrem Kopf. *„Du sitzt hier oben fest. Von hier wirst Du niemals wegkommen, niemals, hörst Du? Hier kann Dich niemand befreien! Du bist verloren!"*
Die kleine Prinzessin schlug die Hände vor's Gesicht und begann zu schluchzen. Sie fühlte sich von der ganzen Welt verlassen. Der Schmerz darüber war so groß, dass sie dachte, sie müsste sterben.
In der Ferne hörte sie einen Uhu rufen.
„Mama!" flüsterte sie durch die Tränen hindurch. „Mama!!" Sie schluchzte laut auf. *„Wo bist Du, Mama? Ich vermisse Dich so sehr!"* Sie sank auf die Knie. *„Bitte hilf mir, Mama! Ich weiß nicht, was ich tun soll!"*
Sie sackte in sich zusammen. Noch immer die Hände vor dem Gesicht, weinte sie bitterlich. Die Tränen nahmen und nahmen kein

Ende. Irgendwann schlief sie vor Erschöpfung ein. Zusammengerollt lag sie auf dem kalten Steinboden, die Hände vor dem Gesicht.

Und während der Mond langsam über den Nachthimmel wanderte, träumte sie von ihrer Mutter, die Flügel hatte und sie aus dem Turm befreite. Als ihre Mutter sie in ihren Armen hielt und mit ihr durch die Nacht flog, lächelte die kleine Prinzessin im Schlaf.

26

Währenddessen lag das Rotkehlchen bewusstlos auf der Erde. Sein angeschossener Flügel blutete stark, und das Blut färbte die Erde ringsum nach und nach rot.

Käfer, die vorbeikamen, hielten erschrocken inne, als sie das Blut rochen, machten sofort kehrt und liefen, so schnell sie konnten, davon. Eine Murmelmaus, die vorbeirannte, hielt das Rotkehlchen für tot und lief ebenfalls schnell weiter. Auch ein Nachtfalter, der das Rotkehlchen so daliegen sah, glaubte, es sei tot.

Und tatsächlich atmete das Rotkehlchen auch nicht mehr. Es lag reglos auf dem Boden, während das Blut unaufhörlich aus seinem verletzten Flügel floss.

27

Der König stoppte. Durch die Bäume hindurch sah er das vom Vollmond erhellte Schwarze Schloss. Er war am Ziel.

Für einen Augenblick wusste er nicht, was stärker war: die Angst oder die Wut. Letztere zumindest war so groß, dass er wusste: Er würde töten, wenn es darauf ankam, auch wenn er es noch nie zuvor getan hatte. Und er würde es ohne schlechtes Gewissen tun. Zumindest glaubte er das in diesem Moment.

Er stieg ab. Unter seinem rechten Fuß knackte ein trockener Ast. Er hielt inne. Doch alles blieb still.

Er band sein Pferd an einen Baum und ging weiter.

Wie es aussah, war das Schwarze Schloss nicht sonderlich gesichert, was ihn verwunderte. Ja, es schien beinahe so, als gäbe es nicht einmal Wachen. „Das kann doch nicht sein!" dachte er. „Ein so großes Schloss und dann keine Wachen? Ist sich der Schwarze Graf seiner so sicher?"

Hätte er nach oben geschaut, dann hätte er die Fledermaus bemerkt, die über ihm flog und die jede seiner Bewegungen registrierte. Sie bewegte sich vollkommen lautlos und warf keinerlei Schatten.

„Eigenartig!" dachte der König erneut. Weit und breit war nichts und niemand zu sehen oder zu hören. Fast wirkte das Schloss unbewohnt. Hatte er sich vielleicht geirrt? War er in der einsetzenden Dunkelheit vielleicht der falschen Spur gefolgt?

Wie aus einer Eingebung heraus, schaute er hoch zum Turm. Was, wenn der Schwarze Graf seine Tochter dort oben gefangen hielt? *„Jasmin!"* flüsterte er. Und schon rannte er los. Er würde schon einen Weg finden in den Turm, und dann würde er seine Tochter befreien!

Im nächsten Augenblick gab der Boden unter seinen Füßen nach. Noch ehe er begriff, was geschah, fiel er in die Tiefe.

Auf dem Dach des Turmes saß die Fledermaus und kicherte zufrieden. „Das ging ja einfacher, als ich dachte!" Sie kicherte erneut. Dann schlug sie mit den Flügeln und flog Richtung Schloss.

Die kleine Prinzessin wälzte sich im Schlaf hin und her.

Währenddessen lag ihr Vater nicht weit entfernt in einer tiefen Bodenfalle. Er war mit dem Kopf zuerst an die Wand und dann auf den Boden der Falle aufgeschlagen und hatte das Bewusstsein verloren.

Wiederum nur unweit der Falle lag das Rotkehlchen, aus dessen Wunde am Flügel noch immer Blut floss.

Zur selben Zeit richtete sich der Fuchs auf. Er hatte Etwas vernommen, das ihn beunruhigte. Er schloss die Augen, hielt die Nase in die Luft und nahm die Spur auf. Dann wusste er, was zu tun war. Er rannte er los.

Das Schloss des Königs glich einem still stehenden Uhrwerk. Seit die kleine Prinzessin entführt worden war und der König kurz danach Hals über Kopf das Schloss verlassen hatte, trugen die Menschen Trauer. Entsetzen hatte sich ausgebreitet und ein Verstummen angesichts dessen, was geschehen war. Bald mischte sich eine Schwere mit hinein, die die Menschen innerlich mehr und mehr niederdrückte. Kaum jemand sprach noch ein Wort, und wenn, dann nur das Nötigste.

Die Gedanken der Bewohner kreisten um Fragen, auf die sie keine Antwort hatten: Warum war die kleine Prinzessin entführt worden? Was hatte der Schwarze Graf mit ihr vor? Wohin brachte er die kleine

Prinzessin? Und was hatte der König vor? Wusste er überhaupt, wo seine Tochter war? Und wenn ja: Würde er den Schwarzen Grafen töten? Was war nur geschehen? Würden sie den König und seine Tochter jemals wiedersehen? Fragen über Fragen, und niemand wusste eine Antwort darauf.

Pepe, der kleine Sohn des Gärtners, war im Garten gewesen, als das Unglück geschah. Er hatte gerade zu der kleinen Prinzessin laufen wollen, als er gesehen hatte, wie der Schwarze Graf auf sie zu gesprungen war.

Vor Schreck hatte er sich hinter einem Ligusterbusch versteckt. Dort hatte er gehört, was der Schwarze Graf in seiner Wut geschrieen hatte: „Das wird er mir büßen! Mich demütigen! Mich! Ich werde ihm das Liebste nehmen, was er hat! Schmerz soll er fühlen, wie niemals zuvor! Winseln soll er und betteln und sich wünschen, nie so mit mir gesprochen zu haben! Ins tiefste Verlies werde ich seine Tochter bringen, oder in den höchsten Turm meines Schlosses! Qualen soll sie leiden! Wie ihr Vater! Und wenn er sie suchen sollte, dann wird er mir in die Falle laufen, und dort lasse ich ihn verrecken!" Dann war der Schwarze Graf aus dem Garten gerannt, mit der kleinen Prinzessin unter dem Arm. Den Mund hatte er ihr zugehalten, während sie gezappelt und versucht hatte, loszukommen.

Pepe war ihnen hinterher gelaufen und hatte fieberhaft überlegt, was er tun sollte. Doch alles ging so schnell, und dieser böse Mann war mit seiner Schwarzen Kutsche und der kleinen Prinzessin auf und davon gewesen, noch ehe Pepe bis drei hatte zählen können.

Er war sofort losgerannt, um Jemandem zu erzählen, was er gesehen und gehört hatte. Doch das ganze Schloss war in einer solchen Aufruhr gewesen, dass ihm niemand zugehört hatte, sondern ihn immer nur zur Seite geschoben hatte, so, als störte er nur.

In seiner Not war er zu den Pferden in den Stall gelaufen. Dort war er schon oft gewesen. Er wusste, sie verstanden ihn, und er hatte den Eindruck, als verstünde auch er sie.

Als er diesmal in den Stall gekommen war, hatte er eine große Anspannung gefühlt, so groß, dass er sie mit seinen kleinen Händen fast hätte greifen können. „Was ist hier los?" hatte er gedacht. Doch die Antwort hatte er längst gewusst: Auch die Pferde spürten natürlich, was los war. Sie hatten die Dunkle Energie gespürt, die von dem Schwarzen Grafen ausgegangen war. Sie hatten nervös mit den Hufen gescharrt und geschnaubt und hin und her geschaukelt und ihre Köpfe geschüttelt, so, als könnten sie die dunkle Bedrohung abschütteln.

„Ihr müsst mir helfen!" hatte Pepe geflüstert. „Bitte! Es ist dringend! Ich brauche Eure Hilfe! Ich habe sonst niemanden! Die Menschen hören mir nicht zu!" Dann hatte er den Pferden alles erzählt, was er gesehen und gehört hatte.

Die Pferde hatten ihm schweigend zugehört. Ihre Blicke waren sehr ernst gewesen. Schließlich hatte sich der Älteste von ihnen, Gustâve, zu ihm gebeugt und zu sprechen begonnen: „Das, was Du da erzählst, Pepe, ist schlimm, sehr schlimm! Ich denke, ich spreche für uns alle, wenn ich sage: Es ist das Schlimmste, was passieren konnte!"

Pepe hatte das Pferd mit angstvollen Augen angesehen. Was wollte es damit sagen?

Gustâve hatte sich noch weiter zu ihm hinunter gebeugt: „Dieser Schwarze Graf hat kein Herz. Dort, wo die Menschen ein Herz haben, hat der Graf einen schwarzen Stein."

Pepe hatte sich gefürchtet. Ein Herz aus Stein! Ging das?

„Ja, Pepe, das geht!" hatte Gustâve geantwortet. „Ich habe keine Ahnung, wie, aber ich weiß, dass es geht. Der Schwarze Graf trägt einen Stein in seiner Brust, einen ganz und gar schwarzen Stein. Er kennt kein Mitgefühl. Überhaupt sind ihm Gefühle ein Greuel. Er ist eiskalt. Gefühllos und eiskalt. Es geht ihm immer nur um sich selber. Andere Lebewesen interessieren ihn nicht. Nur, wenn sie ihm von Nutzen sind, dann gibt er vor, Interesse an ihnen zu haben."

Gustâve hatte sich wieder geschüttelt. „Dieser Schwarze Graf ist das widerlichste Geschöpf, das ich kenne. Er ist zu allem fähig!"

Pepe hatte vor Angst angefangen zu zittern. „A-a-aber…" hatte er begonnen, „gibt es denn gar nichts, das wir tun können?"

„Gegen ein Herz aus Stein sind wir machtlos." hatte Gustâve geantwortet. „Jemand, der keine Gefühle kennt, ist zu allem fähig. Da gibt es nichts, womit wir ihn kriegen können!"

Pepe hatte ihn entsetzt angesehen.

„Es sei denn.." hatte Gustâve hinzugefügt, „wir überlisten ihn!"

Sofort war Pepe hellwach gewesen.

„Wenn es uns gelingt, den Schwarzen Grafen auszutricksen", hatte Gustâve gesagt, „dann, glaube ich, haben wir eine Chance!"

„Und wie sollen wir das machen? Und wer ist „wir"?" Pepe hatte Gustâve fragend angesehen.

„Lass mich einen Moment nachdenken!" hatte Gustâve geantwortet und die Augen geschlossen.

Pepes Herz hatte wie wild geschlagen. Würde Gustâve Etwas einfallen? Gab es überhaupt eine Lösung?

Es war mucksmäuschenstill gewesen im Stall. Nicht einmal die Mäuse und Fliegen waren zu hören gewesen, und auch nicht das Atmen der anderen Pferde.

Schließlich hatte Gustâve Pepe tief in die Augen gesehen und zu sprechen begonnen. Seine Stimme hatte sehr ernst geklungen. „Ich sehe nur eine Möglichkeit!" hatte er gesagt. „Bist Du mutig, mein Junge?"

Pepe hatte genickt, auch wenn ihm das Herz bis zum Hals geschlagen hatte. Er wusste von seinem Vater, dass es nichts mit Feigheit zu tun hatte, wenn das Herz in einer solchen Situation raste.

„Mut ist, wenn Du die Angst spürst und trotzdem handelst!" hatte sein Vater ihm gesagt.

„Gut!" hatte Gustâve geantwortet. „Denn Du wirst all' Deinen Mut brauchen, mein Pepe!" Dann hatte er sich ganz dicht zu Pepes Ohr gebeugt, so dicht, dass es dieses fast berührte. „Wir, das sind Du und ich", hatte er geflüstert, „und wir machen es folgender Maßen:" Dann war das Flüstern in ein geheimnisvolles Rauschen übergegangen.

Pepe hatte jedes Wort verstanden. „Und Du meinst, das klappt?" hatte er flüsternd geantwortet.

„Es muss!" hatte Gustâve geantwortet. Er hatte sich wieder aufgerichtet. „Es wird klappen, Pepe! Glaub' mir!" *„Es muss klappen!"* hatte er in Gedanken hinzugefügt. „Wir haben nur diese *eine* Chance!"

„Wir müssen sofort los!" hatte er weiter gesprochen. „Wir haben keine Sekunde zu verlieren!"

„Aber mein Vater…"

„Der wird zurechtkommen, Pepe! Es ist keine Zeit mehr, ihm eine Nachricht zukommen zu lassen. Vertrau' mir bitte! Dein Vater ist stark, und er hat Gott! Der wird ihm beistehen in der Ungewissheit!"

Pepe hatte geschluckt. Ihm war es schwer gefallen, seinem Vater nicht Bescheid zu sagen. Er würde sich mit Sicherheit große Sorgen um ihn machen! Aber Pepe hatte auch gewusst, dass er tun musste, was er tun musste!

„Wir müssen los!" hatte Gustâve gesagt. „Spring auf, mein Junge! Und halte Dich gut an meiner Mähne fest! Es könnte stürmisch werden!" Gustâve war vor ihm in die Knie gegangen und hatte ihn aufsteigen lassen. „Hab keine Angst, dass Du mir weh tun könntest! Ich habe eine besondere Mähne. Das wirst Du noch merken, wenn wir unterwegs sind!" Er hatte sich wieder aufgerichtet. „Dann los!"

„Wünscht uns Glück!" hatte er den anderen Pferden zugerufen, während er zweimal mit dem Schweif geschlagen und los galoppiert war.

Hatte Pepe zu Beginn noch überlegt, wie er sich am besten in der Mähne festhalten könne, so hatte er sehr schnell gemerkt, dass er seine Hände nur in die Mähne zu stecken brauchte und schon hatten seine Hände Halt gefunden, ohne dass er sich hatte anstrengen müssen. Es hatte sich so angefühlt, als ob die Mähne seine Hände genommen und festgehalten hätte.

Schon nach ein paar Metern hatte Gustâve vom Boden abgehoben. Gleich darauf hatte er sich in einen großen Adler verwandelt, der in den Himmel aufgestiegen war. Er war so groß, dass Pepe problemlos auf ihm Platz hatte. Die Mähne hatte sich in große kräftige Adlerfedern verwandelt, und jetzt waren es die Federn gewesen, die seine Hände gehalten hatten.

„*Wir kommen, Jasmin!*" hatte Pepe geflüstert, und Tränen waren ihm über die Wange gelaufen. „*Wir kommen und retten Dich! Halt durch! Wir sind gleich bei Dir!*"

Und während Gustâve mit kräftigem Flügelschlag durch die Lüfte geflogen war, hatte Pepe Ausschau nach Etwas gehalten, das ein Hinweis für den Verbleib der kleinen Prinzessin hätte sein können.

30

Der Schwarze Graf schlief tief und fest. Er wähnte sich in Sicherheit. Die kleine Prinzessin saß hoch oben im Turm, und aus dem gab es kein Entkommen.

„Morgen wird mein Tag!" flüsterte er im Schlaf. Er drehte sich auf die andere Seite. Sein Gesicht verzog sich zu einer hässlichen Fratze. „Morgen wird die Welt erfahren, wer ihr wahrer Herrscher ist: Ich bin es! Ich! Nur ich allein!" Ein eiskaltes, abgrundtief böses Lachen war zu hören. Dann schlief der Schwarze Graf wieder tief und fest und schnarchte laut.

„Da vorne ist es!" rief Gustâve. „Wir sind gleich da!"
Pepe sah die Umrisse eines großen Schloss. Es war vollkommen schwarz, und er wusste sofort, dass dies nicht an der Dunkelheit der Nacht lag. Selbst auf die Entfernung wirkte es so bedrohlich, dass er Mühe hatte, einen klaren Kopf zu behalten.
Was er nicht wusste, war, dass das Schloss, sobald der Schwarze Graf sich schlafen legte, Irrströme aussendete, die jeden, der auch nur in die entfernte Nähe kam oder das Schloss ansah, komplett verwirren konnten. Tiere waren davon ausgenommen, aber Menschen, insbesondere Jungs und junge Männer, mussten sich sehr gut schützen, damit sie nicht den Verstand verloren. Meist hatten die Ankommenden gar keine Chance, sich zu schützen, weil die Irrströme sie so schnell und stark trafen, dass sie schon binnen weniger Minuten die Orientierung verloren. Manche verirrten sich daraufhin im Wald und wurden dort von wilden Tieren gefressen. Die Meisten jedoch verfielen in die sogenannte Orientierungslosigkeitsstarre. Dann war ihr Schicksal sofort besiegelt. Denn entweder schnappte der Schwarze Graf sie und schleppte sie ins Schloss und sperrte sie dort ein, oder sie blieben dort, wo sie waren, stehen, und waren am nächsten Tag aus Stein. Die Irrströme hatten dann jede einzelne Zelle in Steinmoleküle verwandelt, und dieser Stein war so hart, dass nichts und niemand ihn hätte zerschlagen können. Die Steinfiguren stellte der Dunkle Graf auf die Zinnen der Schlossmauer, wo sie wie eine seltsam erstarrte Armee aussahen.

So kam es, dass nach und nach immer mehr Jungs und junge Männer aus den umliegenden Dörfern spurlos verschwanden und nie wieder gesehen wurden.

Es reichte, wenn der Schwarze Graf ein kurzes Nickerchen hielt. Auch dann sandte das Schloss die Irrströme aus. Es war egal, ob es Tag oder Nacht war. Niemand, der sich dem Schloss näherte, während der Schwarze Graf schlief, kam wieder zurück.

Doch die Tiere wussten Bescheid. So auch Gustâve. „Halt Dich ganz dicht bei mir!" rief er Pepe zu. „Und wenn Du merkst, dass Dir irgendwie schwindelig wird, schließ die Augen und öffne sie nur, wenn es unbedingt notwendig ist. Halt Dich ganz doll an mir fest, wenn möglich mit dem ganzen Körper. Am Allerbesten legst Du Dich flach auf meinen Rücken. So bist Du am besten geschützt."

„Geschützt? Wovor?" rief Pepe zurück.

„Vor den unsichtbaren dunklen Energien, die hier herrschen, vor Allem vor den Irrströmen!"

„Irrströme? Ich spüre aber gar nichts!"

„Das ist auch gut so!" antwortete Gustâve. „Das zeigt, dass Du dicht genug bei mir bist. Ansonsten wärest Du bald eine von diesen Steinfiguren dort oben auf den Zinnen!"

Pepe riss entsetzt die Augen auf. „Wie meinst Du das? Wer sind all die Steinfiguren?" Er bekam es mit der Angst.

„Das sind alles Menschen, die mit den dunklen Energien des Schlosses in Berührung gekommen sind. Auch wenn es schwerfällt: Bitte mach Dir darüber jetzt keine Gedanken! Ich erzähle Dir später mehr davon. Jetzt brauchen wir all unsere Kraft und Konzentration für das, was wir vorhaben! Und schliess die Augen!"

Pepe schluckte. Es kostete ihn einige Mühe, nicht weiter über das nachzudenken, was Gustâve gesagt hatte und auch, nicht auf die Steinfiguren zu starren.

„Ich lande gleich!" rief Gustâve. „Halt Dich gut fest!"

Für einen kurzen Moment öffnete Pepe die Augen. Er erschrak, als er den Turm sah, auf den sie zuflogen. Er war gewaltig hoch und wirkte genauso finster und bedrohlich wie das Schloss. Es gab nur ein einziges, sehr kleines Fenster ganz weit oben, und das war vergittert. Genau darauf flog Gustâve zu.

„Wo willst Du hin?" rief Pepe. „Da kommen wir doch niemals rein!"

Plötzlich hatte er ein sonderbares Gefühl, so, als würden er und Gustâve kleiner werden.

„Was ist das?" rief er. Doch Gustâve antwortete nicht.

Tatsächlich: Binnen weniger Sekunden war Gustâve ein kleiner Spatz und er, Pepe, klein wie ein Käfer. Er hatte gar keine Zeit, weiter darüber nachzudenken, denn im nächsten Augenblick schon landeten sie in der Fensteröffnung zwischen zwei Gitterstäben.

Der Mond schien hell in das kleine Turmzimmer und sofort erkannte Pepe die kleine Prinzessin, die auf dem Boden lag und schlief.

Gustâve hob ab und landete lautlos neben ihr. „Wenn Du gleich abspringst", flüsterte er, „und dabei sagst: „Ich bin Pepe!", dann bekommst Du Deine normale Größe zurück. Ich bleibe erst einmal klein, damit sie sich nicht so sehr erschreckt!"

„Und die Irrströme?" flüsterte Pepe. „Wenn Du so klein bist und ich so groß, wie soll ich Dich da mit meinem ganzen Körper berühren?"

„Keine Sorge! Hier drin wirken sie kaum. Sie sind auf draußen eingestellt."

„O.k.!" flüsterte Pepe. Er stieg ab und sagte leise: „Ich bin Pepe!" Vorsichtshalber fügte er noch „der große" hinzu. Ehe er sich versah, hatte er seine normale Größe wieder.

Die kleine Prinzessin bewegte sich im Schlaf.

„Sie sieht traurig aus." dachte er und kniete sich neben sie. „Jasmin!" flüsterte er. „Ich bin's, Pepe!"

Die kleine Prinzessin lächelte im Schlaf. *„Pepe."* flüsterte sie. *„Pepe!"* Dann verschwand das Lächeln von ihrem Gesicht und sie begann leise zu weinen.

„Wach auf, Jasmin!" flüsterte Pepe. „Ich bin wirklich hier! Ich! Pepe!"

„*Pepe?*" flüsterte die kleine Prinzessin, noch immer die Augen geschlossen.

Pepe konnte nicht erkennen, ob sie noch schlief oder schon wach war. „Wach auf!" sagte er, diesmal ein wenig lauter. Er berührte sie sanft an der Schulter.

Die kleine Prinzessin schlug die Augen auf. „*Pepe? Bist Du das wirklich?*"

„Ja, Jasmin! Ich bin's!"

„Aber…wie bist Du hier hergekommen?" Sie setzte sich auf.

„Mit ihm." Pepe zeigte auf Gustâve.

Noch immer ein Spatz, hüpfte Gustâve auf die kleine Prinzessin zu. „Hallo, Jasmin!"

Die kleine Prinzessin schaute ihn irritiert an. „Ich kenne Deine Stimme!" sagte sie. „Wer bist Du?"

„Ich bin Gustâve! Euer ältestes Pferd!"

„*Gustâve? Aber…wie…ist das möglich?*"

„Gustâve kann sich verwandeln." sagte Pepe. „Vorhin war er ein richtig großer Adler, aber um hier durch die Gitterstäbe zu kommen, ist er ein kleiner Spatz geworden. Und ich war klein wie ein Käfer!"

Die kleine Prinzessin sah ihn ungläubig an.

„Das erzähle ich Dir später, Jasmin! Jetzt möchte ich erst wissen, wie es Dir geht?"

„Ich…ich…ich weiß es nicht, Pepe. Ich…ich bin so durcheinander!" Die kleine Prinzessin schloss die Augen. „Ich hab ganz schrecklich geträumt! Ich wollte erst nicht einschlafen, aber dann…ich war so müde…und so traurig…und so wütend!" Sie senkte den Kopf.

Als sie den Kopf wieder hob, sah Pepe, dass ihr Tränen über das Gesicht liefen. Er nahm ihre Hand. „Alles wird gut, Jasmin! Glaub mir! Gustâve wird uns von hier wegbringen!"

„Moment!" sagte Gustâve und schaute sie an. Dann holte er tief Luft, schloss die Augen, nickte zweimal und war im nächsten Augenblick ein großer Adler.

Zuerst erschrak die kleine Prinzessin, doch dann sah sie ihn mit großen Augen an. „*Wooow!*" flüsterte sie. „Sowas habe ich noch nie gesehen! Ich wusste gar nicht, dass Du Dich verwandeln kannst, Gustâve!"

„Hab ich Dir doch gesagt!" flüsterte Pepe lächelnd.

„Und wir passen Beide drauf?"

„Es könnte gehen." antwortete Gustâve. „Aber ich würde Euch doch lieber einzeln hier rausbringen. Ich möchte kein Risiko eingehen."

„Dann fliegst Du zuerst mit Jasmin." sagte Pepe.

Die kleine Prinzessin wollte Etwas entgegnen, doch Gustâve kam ihr zuvor. „Pepe hat Recht! Komm, steig auf! Wir haben keine Zeit zu verlieren! Auch wenn es Nacht ist und der Schwarze Graf hoffentlich tief und fest schläft, so heißt das noch lange nicht, dass wir hier länger als nötig bleiben sollten! Ich setze Dich am Waldrand ab und hole dann sofort Pepe. Bitte schließ die Augen während des Fluges und halt Dich ganz Dich an mir dran. Ich erzähle Dir später, warum!"

Die kleine Prinzessin kletterte auf seinen Rücken.

„Fertig? Dann los!" Gustâve schlug mit den Flügeln. In dem Moment, in dem er vom Boden abhob, wurden er und die kleine Prinzessin so klein wie zuvor Pepe und er. „Bis gleich, Pepe!" rief Gustâve. „Es dauert nicht lange! Ich bin sofort wieder zurück!" Im nächsten Augenblick schon war er zum Fenster hinausgeflogen.

Pepe schaute ihnen nach. Es war so dunkel, dass er sie kaum sehen konnte.

Und auf einmal fing sein Herz wie wild an zu schlagen. „Jetzt bin ich hier oben ganz allein…" dachte er erschrocken. „Was, wenn ihnen Etwas passiert, und Gustâve kommt nicht zurück?" Er bekam es mit der Angst zu tun. „*Dann bin ich hier gefangen!*" flüsterte er.

Er schaute durchs Fenster. Er konnte die Beiden nirgendwo sehen. „Gustâve!" flüsterte er. „Gustâve!" Er umklammerte die Gitterstäbe. *„Bitte komm zurück und hol' mich!"*

Im selben Augenblick öffnete die Fledermaus, die auf dem Dach des Turmes gesessen hatte, ihre Augen. Ihr war, als hätte sie Etwas gehört. Sie spitzte die Ohren. Aber ja, da war ein Wispern, und es klang nicht wie von dem Mädchen.

Sie stieß sich vom Turmdach ab und glitt lautlos Richtung Fenster.

Pepe dachte, es sei Gustâve, der da angeflogen kam und wunderte sich über die Richtung, aus der er kam. Doch dann erkannte er, dass es nicht Gustâve war, sondern eine Fledermaus. Zuerst dachte er sich nichts dabei. Doch als sie auf ihn zugeflogen kam, spürte er, wie ihre Augen ihn fixierten. Kurz vor dem Fenster bog sie ab und flog Richtung Schloss.

Was hatte das zu bedeuten? Wieso hatte die Fledermaus ihn so durchdringend angesehen? Pepe begann zu zittern. Wo blieb Gustâve nur? So weit war der Wald doch nicht entfernt?

„Beeil Dich, Gustâve!" flüsterte er. *„Beeil Dich! Hier stimmt irgend Etwas nicht!"*

Da sah er, wie Gustâve aus der Dunkelheit auftauchte. Erleichtert atmete er auf.

„Gustâve!" rief er. „Da bist Du ja!"

Im selben Augenblick hörte er ein lautes Geräusch hinter sich. Noch bevor er sich umdrehen konnte und schauen, woher das Geräusch kam, spürte er einen dumpfen Schlag auf den Hinterkopf. *„Was...?"* flüsterte er noch. Dann wurde er bewusstlos.

Zwei große Hände griffen nach ihm und rissen ihn vom Fenster weg. Sie steckten ihn in einen großen Sack und schnürten diesen zu. *„Das macht ihr nur einmal mit mir!"* zischte die Stimme des Schwarzen Grafen. *„Mich überlisten wollen! Mich!"* Die Wut war deutlich zu hören. *„Das werdet Ihr mir büßen!"* schrie er.

Er warf sich den Sack mit Pepe über die Schulter und rannte wutentbrannt die Treppe hinunter.

32

Gustâve sah von Weitem, wie Pepe plötzlich vom Turmfenster verschwand. *„Da stimmt Etwas nicht!"* flüsterte er. Er flog, so schnell er konnte. Doch noch bevor er das Turmfenster erreichte, sah er durch die Gitterstäbe hindurch, wie der Schwarze Graf mit einem Sack über der Schulter wutentbrannt das Turmzimmer verließ.

„O nein!" flüsterte er, als er, wieder als kleiner Spatz, auf dem Fenstersims landete. Seine schlimmste Befürchtung war wahr: Pepe war verschwunden.

Das Turmzimmer war leer.

„Pepe!" flüsterte er und begann zu weinen. *„Es tut mir so leid! Es ist meine Schuld! Ich hätte Euch Beide mitnehmen sollen! Ich hätte es wenigstens versuchen sollen!"* Seine Tränen tropften auf den Boden des Turmverlieses.

Plötzlich raschelte es.

Überrascht blickte Gustâve auf.

„Selbstvorwürfe bringen jetzt auch nichts!" piepste eine zarte Stimme.

Auf dem Boden unter ihm saß eine kleine weiße Maus und schaute zu ihm hoch.

„Wer bist Du?" fragte Gustâve.

„Na, na, na!" antwortete die kleine Maus. „Nun hör aber auf! Hast Du etwa alles vergessen?"

Gustâve runzelte die Stirn. „Was meinst Du?"

„Also echt!" rief die kleine Maus. „Nu hör aber auf! Sonst glaub ich Dir noch!"

Gustâve schwieg irritiert.

Die kleine Maus verdrehte die Augen. „Also gut, ich will mal nicht so sein! Ich gebe zu, es war auch eine, wie soll ich es sagen, besondere Situation damals im Stall."

Gustâve hatte keine Ahnung, wovon die Maus sprach.

„Als Du zum ersten Mal den Verwandlungszauber gemacht hast", sagte die Maus, „vom Pferd zum Adler, da hat Deine Mutter Dir Etwas gesagt. Erinnerst Du Dich?" Als Gustâve nicht gleich reagierte, fügte sie hinzu: „Ich gebe Dir einen Hinweis!" Sie zeigte auf die Tränen neben ihm auf dem Boden. „Na? Erinnerst Du Dich jetzt?"

Die Tränen…" flüsterte Gustâve. „Ja, jetzt erinnere ich mich: Meine Mutter hat zu mir gesagt, dass, wenn ich in einer Situation, in der ich nicht weiter wüsste, um Jemanden aus tiefstem Herzen weine, die vergossenen Tränen zu kleinen Engeln werden können, die mir weiterhelfen würden. Sie hat aber nicht gesagt, dass die Engel in Mäusegestalt erscheinen!"

Wieder rollte die kleine Maus mit den Augen. „Was hast Du denn erwartet? Ach ja, Du hast ja gar nichts erwartet! Aber lass es Dir an dieser Stelle gesagt sein: Wir Engel können jede Gestalt annehmen, die wir wollen! Merk Dir das bitte! Das erspart allen Beteiligten beim nächsten Mal viel Zeit! Und falls Du fragen willst, wo meine Flügel sind: Die sind da, wenn ich sie brauche. Ich würd's Dir ja gerne zeigen, aber dafür ist jetzt echt keine Zeit! Also: Was machen wir jetzt?"

„Ich weiß es gerade nicht…" sagte Gustâve halblaut.

„Aber ich!" entgegnete die Maus. „Zuallererst erinnerst Du Dich bitte daran, wer Du bist: ein großes starkes Pferd, das zu einem mächtigen, kraftvollen Adler werden kann. Egal, in was Du Dich verwandelst, bleib in genau dieser Kraft!"

„Wo Du recht hast, hast Du recht!" entgegnete Gustâve. „Wie heißt Du übrigens?"

„Pit."

„Pit? Nicht gerade ein klassischer Name für einen Engel, oder?"

„Was hier klassisch ist oder nicht, spielt im Moment keine Rolle!" antwortete Pit. „Wir sollten los! Wir haben keine Zeit zu verlieren."

„Was schlägst Du also vor, Pit?"

„Wir müssen ins Schloss! Ich vermute, es sind noch etliche Kinder dort gefangen! Die Steinfiguren da draußen…das sind alles Jungs, die der Schwarze Graf in seine Gewalt gebracht hat. Er ist wirklich zu Allem fähig! Ich bleibe übrigens weiter eine Maus. So komme ich mit Leichtigkeit durch jedes noch so kleine Loch!"

„Dann werde ich auch eine Maus!" sagte Gustâve, sprach's, atmete tief ein, schloss die Augen, nickte zweimal mit dem Kopf und war im nächsten Moment eine kleine braune Maus.

„Dann los!" rief Pit.

Sie krochen unter der verschlossenen Tür hindurch und rannten die steinernen Stufen des Turms hinunter. „Pfui Spinne, was für ein Geruch!" rief Pit und hielt sich die Nase zu. „Wenn das nicht der Geruch der Hölle ist, dann weiß ich auch nicht! Grauenvoll!"

Sie rannten weiter.

Wie erwartet, war die Tür nach draußen verschlossen. Doch ihnen reichte ein kleiner Spalt im Holz, um hinaus zu schlüpfen. Immer dicht an der Mauer des Schlosses entlang, rannten sie bis zum Haupttor.

Der widerliche Geruch wurde stärker.

„Buäh!" flüsterte Pit. „Eklig!"

Sie schlüpften unter dem großen Haupttor durch.

Dahinter war es stockfinster.

„Und nun?" flüsterte Gustâve.

„Ich vermute, da vorne ist irgendwo noch eine Tür, die dann zum Innenhof führt. Den müssen wir überqueren, aber wir dürfen auf keinen Fall gesehen werden!"

Als sie die Tür erreichten, schlüpften sie erneut durch einen kleinen Spalt im Holz und sahen im nächsten Moment, dass der Innenhof vom Mondlicht hell erleuchtet war. Sofort drückten sie sich dicht an die Mauer.

Pit sah sich blitzschnell um. *„Dort drüben!"* flüsterte er. „Ich vermute, das da ist die Tür, die zu den Verliesen führt! Uäh! Der Geruch ist wirklich wi-der-lich!" Er hielt seine Nase noch fester zu. „Mein Lieblingsabenteuer wird das hier ganz bestimmt nicht!" flüsterte er. „Aber egal: Da entlang! Immer dicht an der Mauer halten!"

Sie rannten los.

33

In der Zwischenzeit saß die kleine Prinzessin auf einem Mooshügel nahe des Waldrandes und wartete. Um sie herum standen zwölf Waldfeen in der Luft, die einen Schutzkreis um sie bildeten. Dazwischen schwebten jede Menge Glühwürmchen, die dafür sorgten, dass die kleine Prinzessin nicht im Dunklen saß. Über ihr, auf dem untersten Ast eines Baumes, saßen drei Elfen. Sie passten auf, dass die kleine Prinzessin von oben geschützt war.

„Wo bleiben sie nur?" Die kleine Prinzessin seufzte. „Waren Gustâve und ich auch so lange unterwegs?"

Die Ältestes der Waldfeen, die 103 Jahre alt war, antwortete:

> *„Schon viel zu lange sind sie fort*
> *an diesem dunklen, schwarzen Ort.*
> *es wird nun Zeit, dass sie erscheinen,*
> *um sich mit uns hier zu vereinen!"*

Sie griff in die Tasche ihres Gewandes und holte eine Hand voll goldenem Feenstaub heraus.

„Was auch ist, es geht vorüber!"

sprach sie und warf den Feenstaub hoch in die Luft. Augenblicklich glitzerte alles um die kleine Prinzessin herum.

„Alles, was noch stört,
vergeht!
Alles Dunkle, was gesät,
ist sehr bald schon nicht zu sehen
und im Morgengrau'n verweht.

Was gefangen, wird befreit,
was verwundet, wird geheilt.

Wesen hellen Lichtes,
jetzt, ja jetzt ist Eure Zeit!
All' das Dunkle zu erhellen,
dafür macht Euch jetzt bereit!"

Sie warf eine weitere Hand voll Feenstaub in Luft.

„Hört, Ihr Mächte der Verdammnis
und der tiefsten Dunkelheit:
Eure Zeit ist nun vorüber!
Bis"

Sie warf ein drittes Mal gold glänzenden Feenstaub hoch in die Luft.

„IN ALLE EWIGKEIT!!!"

Der kleinen Prinzessin lief ein Schauer über den Rücken, so beschwörend hatte die alte Waldfee die letzten drei Worte gesprochen.

„Seht es ein:"

rief die alte Waldfee in den Nachhimmel.

„ES IST - VORBEI!!!"

Sie warf den Kopf in den Nacken und lachte aus vollem Herzen.

Die kleine Prinzessin musste an Pepe denken. Und an Gustâve.

„Was immer auch geschehen ist,"

sage die alte Waldfee und schaute sie an,

„das Gute wird obsiegen!
Und ist da auch die größte List
der Dunklen Macht im Spiel.
Sie werden zu uns fliegen, denn wir,
wir sind ihr Ziel!"

„Kopf hoch, kleine Prinzessin!" fügte sie hinzu, diesmal ohne Reim, „Das Licht ist stärker als jede Dunkelheit!, dessen sei Dir immer bewusst!"
„Das weiß ich ja eigentlich auch…" entgegnete die kleine Prinzessin mit wackeliger Stimme. „Aber ich habe dennoch Angst um Pepe und Gustâve!" Sie senkte den Kopf. Sie schämte sich vor der alten Waldfee, dass sie so wenig Vertrauen hatte.

„Sie werden zurückkommen!" sagte die alte Waldfee. „Wenn etwas Schlimmes passiert wäre, dann hätte ich das längst gespürt. Und ich sage das nicht nur so, um Dich zu beruhigen."

Die kleine Prinzessin schluckte.

„Ich bin eine Waldfee, wie Du weißt!" fuhr die alte Waldfee fort. „Wir Waldfeen spüren, wenn etwas Schreckliches passiert. Selbst, wenn es ganz weit weg ist und niemand sonst es mitbekommt. *Wir* spüren, was los ist! Und glaub mir, kleine Prinzessin: auch wenn Deine Freunde in Schwierigkeiten sein sollten, es ist nichts, was sie nicht lösen können! Sie werden da herauskommen! So wahr ich Ludmilla heiße! Und ich heiße schon einhundertunddrei Jahre so!"

Die kleine Prinzessin seufzte. „Wirklich? Also, ich meine, glaubst Du wirklich, dass sie da wieder heil herauskommen?"

„Aber ja, mein Kind! Vertrau'! Sie werden zu uns zurückkehren, vielleicht sogar nicht alleine…"

„Wie meinst Du das?"

„Ach, nur so ein Gefühl…" Die alte Waldfee schloss die Augen und begann ein Lied zu summen. Die anderen Waldfeen stimmten mit ein, und gleich darauf auch die Elfen.

Die kleine Prinzessin gähnte. Auf einmal merkte sie, dass sie müde war und es ihr schwer fiel, die Augen offen zu halten. Ohne lange nachzudenken, rollte sie sich auf dem weichen Moos zusammen, gähnte erneut und war im nächsten Augenblick schon eingeschlafen.

34

„Wo bin ich?" Der König schlug die Augen auf. Um ihn herum war alles finster. Nur über ihm, weit oben, schien es ein wenig heller zu sein.

Er stand auf. „Au!" entfuhr es ihm, als er sich aufrichtete. Fast wäre er umgekippt, so groß war der Schmerz, der durch seinen rechten Fuß geschossen war. Nur mit Mühe gelang es ihm, sich aufrecht zu halten. Doch nach einer Weile ging es. Der Fuß schien nicht gebrochen zu sein. Dafür dröhnte sein Kopf ziemlich. Als er sich an den Hinterkopf fasste, fühlte er eine Beule. Ansonsten schien er Glück gehabt zu haben bei dem Sturz in die tiefe Falle.

Er streckte die Arme aus, um sich abzustützen. Seine Hände berührten etwas Erdiges, das kalt und feucht war. Erst jetzt bemerkte er, dass auch der Boden, auf dem er gelegen hatte, feucht war. Jedenfalls war seine Kleidung auf einer Seite nass.

„Ich bin in einem Erdloch!" dachte er. „Aber wie um alles in der Welt bin ich hier reingekommen?"

Da fiel ihm ein, dass er einer Fledermaus nachgeschaut hatte und ihr aus irgend einem Grund gefolgt war. Dann war ihm eigenartig schwindelig geworden und er hatte den Boden unter den Füßen verloren.

„Eine Falle!" flüsterte er. *„Ich bin in eine Falle gestürzt!"*

Er schaute nach oben. Das war eindeutig der Nachthimmel über ihm, denn er konnte ein paar Sterne erkennen. Was sollte er jetzt tun? Um Hilfe rufen? Wer sollte ihn hören? Der Schwarze Graf? Das war das Letzte, was er wollte! Sein Herz begann zu rasen.

„Ohne Hilfe komme ich hier niemals wieder heraus!" flüsterte er.

„Verdammt!" rief er im nächsten Moment. Das war nie und nimmer ein Zufall gewesen! Hatte die Fledermaus ihn etwa in die Falle gelockt? Er hatte sich schon gewundert, warum er ihr gefolgt war, aber er hatte es sich nicht erklären können. Und nun?

„Jasmin!" schoss es ihm durch den Kopf. Wie um Himmels Willen sollte er jetzt seine Tochter retten?

Er schaute erneut nach oben. Dieses Mal war erschien es ihm etwas heller. Der Himmel schien wolkenlos zu sein. Jedenfalls fiel in diesem Augenblick Licht bis auf den Boden der Falle. Das konnte nur der

Mond sein! Mit etwas Glück konnte er so vielleicht Etwas sehen, das ihm weiterhelfen konnte, eine dicke Wurzel vielleicht, an der er sich hochziehen konnte.

Er begann, die Wände abzusuchen.

Nichts.

Keine Steine, auf die er hätte klettern können, keine Wurzeln, nichts. Absolut nichts. Und die Erde war so fest, dass es vollkommen aussichtslos war, Stufen hinein graben zu wollen, um so nach oben klettern zu können.

Der Mut wollte ihn gerade verlassen, da erschien am Rand des Erdloches der Kopf eines Fuchses: „Ist er das?" hörte er ihn sagen.

Neben dem Kopf des Fuchses tauchte ein Rotkehlchen auf und schaute ebenfalls zu ihm herunter. „Ja, das ist er!"

Dann verschwanden Beide.

Der König schüttelte den Kopf, so, als wollte er Sand aus den Haaren schütteln. „Was war das?" dachte er. „Ist durch den Aufprall hier unten irgend Etwas mit mir passiert?" Er schaute wieder nach oben. „Wieso habe ich verstanden, was sie gesagt haben?"

„Seid Ihr so weit?" hörte er die Stimme des Fuchses.

„Ja!" piepsten drei Stimmen.

„Dann los mit Euch!"

Im nächsten Augenblick kamen drei kleine Mäuse die Wand des Erdloches hinuntergerannt. Als sie auf Augenhöhe mit ihm waren, hoben sie ihre Vorderpfoten, sagten: „Hi!" und rannten weiter.

„Bin ich schon tot?" dachte der König. „Bin ich im Jenseits, wo Tiere sprechen können und Fuchs, Rotkehlchen und Mäuse zusammen arbeiten?" Er presste die Augen fest aufeinander.

Als er sie wieder öffnete, sah er, wie ein Seil an ihm vorbei glitt.

„Reicht!" piepste es von unten.

„O.k.!" rief es von oben.

Die drei Mäuse kletterten an dem Seil hoch, bis sie erneut auf Höhe des Gesichtes des Königs waren. „Hi!" sagte die eine Maus. „Ich bin

Ed! Und das hier ist für Dich!" Er zeigte auf das Seil. „Einfach festhalten!" Und weg waren die Drei.

Der König schaute ihnen nach.

„Los!" rief es von oben.

Der König blickte hoch. Nacheinander erschienen der Fuchs, das Rotkehlchen und die drei Mäuse.

„Worauf wartest Du?" rief eine der Mäuse. Der König glaubte, Eds Stimme erkannt zu haben. „Ran ans Seil!"

„Du darfst den König nicht duzen!" flüsterte eine andere Stimme von oben.

„Sagt wer?!" antwortete Ed.

Der König starrte auf das Seil.

„Oh, diese Menschen…" hörte er Ed sagen.

„Einfach gut festhalten!" rief der Fuchs.

Der König griff nach dem Seil und wollte zu klettern beginnen. Da begann das Seil sich zu bewegen.

„Einfach nur festhalten!" rief der Fuchs. „Der Rest wird erledigt!"

Und tatsächlich: Der König musste nichts weiter tun. Er wurde einfach nach oben gezogen. Aber wer zog ihn da eigentlich? Alle Tiere, mit denen er die letzten Minuten zu tun gehabt hatte, standen oben am Rand und schauten zu ihm herab. Und überhaupt: Diese Tiere konnten ihn niemals nach oben ziehen! Er krallte sich in das Seil.

„Nicht so viel denken!" rief Ed. „Lass es einfach geschehen! Dir passiert nichts!"

„Nicht duzen!" flüsterte eine andere Stimme.

Diesmal antwortete Ed nicht.

Der König versuchte, so ruhig zu atmen, wie er konnte. Dass ausgerechnet eine sprechende Maus namens Ed ihn zu beruhigen versuchte, machte ihm ein wenig zu schaffen.

„Du hast es gleich geschafft, Kumpel!" rief Ed. „Du machst das übrigens gut!"

„Ich geb's auf!" flüsterte die andere Stimme.

Der König spürte einen leichten Wind an seinen Haaren. Gleich darauf wurde er mit dem Seil aus dem Loch gezogen. Er legte sich flach auf den Boden und atmete ein paar Mal tief durch.

„Alles o.k., Kumpel?" Neben seinem Kopf stand Ed.

„Ich glaube schon…" Der König setzte sich auf.

„Super!" Ed machte high five.

Der König sah sich suchend um. „Wer hat mich eigentlich hier rausgezogen? Ich kann niemanden sehen."

„Die da war's!" antwortete Ed.

Der König sah nur Bäume.

„Die da! Ursula! Ursula, die drehende Ulme!"

„Die *was?*" entfuhr es dem König.

„Wer denn sonst?" dachte Ed, sagte es aber nicht laut.

„Pauli", sagte er, „erklär' Du's ihm!"

Eine der beiden anderen Mäuse trat vor. „Das da" Auch er zeigte in Richtung Waldrand. „ist Ursula. Sie ist eine drehende Ulme! Ulla, so wie wir sie nennen, ist von Beginn ihres Lebens an im Besitz einer Liane!"

„Einer Echten!" ergänzte Ed. „Sie ist fest mit ihr verwachsen, und sie kann sie einsetzen, wie sie will. Toll, was?"

Erst jetzt fiel dem König auf, wie lang das Seil war, an dem er hochgezogen worden war und dass es tatsächlich bis zum Waldrand lief. In der Dunkelheit konnte er jedoch nicht erkennen, wo das Seil endete.

„Und sie kann sich drehen?" fragte der König ungläubig. „Also, Ulla?"

„Aber ja!" rief Ed. „Du glaubst ja gar nicht, was wir Tiere und Pflanzen uns alles einfallen lassen müssen bei so einem Nachbarn!" Er zeigte auf das Schwarze Schloss. „Der Typ ist echt irre! Und sowas von finster! Widerlicher Typ!"

„Er hat meine Tochter entführt!" flüsterte der König. Er spürte, wie die Angst wieder da war.

„Wir haben es gehört." sagte Ed. „So ein Mistkerl!"

Der König sprang auf. „Ich muss so schnell wie möglich da rein! Ich muss meine Tochter retten!"

„*Schschscht! Nicht so laut!*" flüsterte das Rotkehlchen. „Wer weiß, wieviel Ohren die Dunkelheit hier hat! Wir haben schon laut und viel genug gesprochen. Auf jeden Fall helfen wir Dir, das ist ja wohl klar! Schließlich bin auch ich hier hergekommen, weil ich Jasmin retten will!"

Der König sah, dass der rechte Flügel des Rotkehlchens etwas schräg stand. „Was ist mir Deinem Flügel?"

„Der Schwarze Graf." antwortete das Rotkehlchen. „Er hat auf mich geschossen. Aber zum Glück hat der Fuchs es gehört und ist sofort gekommen. Sonst wäre ich verblutet." Er schaute den Fuchs dankbar an. „Er ist ein wahrer Heiler!"

„Und dabei war ich schon so nah dran!" fuhr das Rotkehlchen fort. „Es war nicht mehr weit bis zum Turm."

„Turm?"

„Ja, dort habe ich Jemanden weinen gehört. Ich bin mir sicher, dass es Jasmin war!"

„Dann müssen wir dort hoch!" rief der König.

„*Schschscht! Nicht so laut!*"

„*Aber…meine Tochter! Jasmin!*" Der König blickte zum Turm hoch.

„Das lass uns mal machen!"" sagte Ed. „Zuerst fliegt das Rotkehlchen hoch und peilt die Lage, und wenn nötig, rennen wir auch hoch und helfen, also Fred, Pauli und ich!"

„Ed hat recht!" sagte der Fuchs leise. „Wir bleiben erstmal hier, auch wenn es schwer fällt! Und bitte halten Sie sich ganz dicht neben mir, Eure Majestät! So, dass Ihr mein Fell berührt! Ich erzähle gleich, warum!"

„*Ich flieg los!*" flüsterte das Rotkehlchen. Und weg war es.

Dieses Mal flog das Rotkehlchen im Schatten des Turmes und hielt sich ganz dicht an der Mauer. Der Turm war so hoch, dass die Anderen es schon bald nicht mehr sehen konnten. Der König hielt es kaum aus, einfach nur dazustehen und nichts zu tun.

Doch schneller als gedacht, war das Rotkehlchen wieder da. *„Sie… ist nicht mehr da!"* flüsterte es.

„Was soll das heißen?" Den König packte nackte Angst. „Hast Du auch ganz genau hingeschaut?"

„Habe ich!" antwortete das Rotkehlchen. „Aber sie war nicht mehr da."

„Kommt Jungs, das schauen wir uns mal aus der Nähe an!" Ed, Pauli und Fred rannten los.

Es dauerte ein paar Minuten, dann waren auch sie wieder da. „Runter geht schnell!" sagte Ed, als er das erstaunte Gesicht des Königs sah. „Mäusetrick. Das Turmzimmer war so leer, wie das Rotkehlchen gesagt hat. Aber wir haben etwas Interessantes gerochen: Mäuseduft nämlich. Dort oben waren zwei Mäuse, und zwar vor nicht allzu langer Zeit. Wobei…" Er runzelte die Stirn. „Bei der zweiten Spur bin ich mir nicht so ganz sicher. Sie hatte etwas Mausiges, aber dennoch…"

„Und wir haben *das* hier auf dem Boden gefunden." sagte Pauli. „Vor dem Fenster." Er hielt eine rote, glänzende Perle in seiner Vorderpfote. *„Die ist von Jasmins Schuhen!"* flüsterte der König und griff nach der Perle.

„Also ist sie dort gewesen!" sagte der Fuchs.

„Und das hier haben wir daneben gefunden:" sagte Fred. Er hielt dem König einen durchgebrochenen, hölzernen Knopf hin.

Der König traute seinen Augen nicht. *„Pepe?"* flüsterte er ungläubig. *„Wie…warum? Was hat Pepe damit zu tun? Wie ist der Knopf da hochgekommen?"* Entgeistert schaute er auf den Knopf.

„Wer ist Pepe?" fragte der Fuchs.

„Pepe ist der Sohn unseres Gärtners." antwortete der König. „Und Jasmins bester Freund!"

„Ich kenne Pepe!" sagte das Rotkehlchen. „Er ist ein mutiger, kleiner Junge. Aber wieso habt ihr einen Knopf von ihm dort oben im Turm gefunden?"

„Und er ist bestimmt von Pepe?" fragte der Fuchs.

„Aber ja! Schau, die besondere Form und diese kleine Verzierung. Solche Knöpfe hat nur Pepes Mutter gemacht!"

„Mmmm…" Das Rotkehlchen runzelte die Stirn. „Äußerst eigenartig. Ich bin mir sicher, dass es Jasmin war, die ich gehört habe. Und am Fenster habe ich sonst auch niemanden gesehen. Aber genau dort hat der Knopf gelegen, habt Ihr gesagt. Was hat das zu bedeuten?"

Niemand wusste die Antwort.

„*Wo bist Du, Jasmin?*" flüsterte der König. „*O Gott! Bitte beschütze meine Tochter! Lass ihr nichts geschehen!*" Er atmete tief durch.

„*Ich muss ins Schloss!*" flüsterte er.

„Wir kommen mit!" entgegnete Ed. Pauli und Fred nickten.

Das Rotkehlchen erhob sich. „Ich auch!"

„Ich bleibe hier draußen." entgegnete der Fuchs. „Ich halte meine Augen und Ohren offen, und wenn nötig, komme ich!"

Die Fünf machten sich auf den Weg.

Der Fuchs sah ihnen nach. „*Alles Gute!*" flüsterte er. „*Möge der Himmel bei Euch sein!*"

Um ihn herum war alles dunkel. Das Einzige, was Pepe sehen konnte, war, dass er nichts sehen konnte. Er hatte keine Ahnung, wo er war. Er wusste nur, dass er nicht mehr im Turm war.

Was genau geschehen war, wusste er nicht. Er erinnerte sich nur, dass er plötzlich einen Schlag auf den Hinterkopf bekommen hatte und alles schwarz geworden war. Als er wieder zu sich gekommen war, hatte ihm der Kopf höllisch wehgetan. Es hatte eine Weile gedauert, dann hatte er gemerkt, dass er in einem Sack steckte und ihn Jemand auf der Schulter trug. Dieser jemand war ein Mann gewesen, ein großer Mann, der ihm wie ein wildes, wütendes Tier vorgekommen war und grauenvoll gerochen hatte. Aus Angst vor dem, was passieren könnte, hatte Pepe kaum noch geatmet und sich nicht bewegt.

Der Mann war viele Stufen mit ihm hinuntergerannt und Pepe war so durchgeschüttelt worden, dass er beinahe wieder das Bewusstsein verloren hätte. Nachdem die Stufen aufgehört hatten, war der Mann eine Zeit lang geradeaus gerannt, dann zweimal durch eine Tür, mehrmals um eine Ecke und anschließend wieder geradeaus. Irgendwann hatte er angehalten, hatte eine weitere Tür geöffnet, war wieder ein paar Stufen nach unten gegangen, und hatte dann eine Tür aufgemacht, die so klein gewesen war, dass er sich hatte bücken müssen und Pepes Füsse den Boden gestreift hatten. Dann hatte der Mann ihn einfach auf den Boden geworfen, mitsamt dem Sack. Es hatte schrecklich wehgetan! Pepe hatte sich ganz doll in die Unterlippe gebissen, um nur ja keinen Laut von sich zu geben. Der Mann war sofort wieder gegangen, hatte die Tür hinter sich zugeknallt, abgeschlossen und Pepe ganz allein zurück gelassen.

Pepe hatte eine Weile einfach nur dagelegen, auf dem kalten, feuchten Steinboden und sich nicht getraut, sich zu bewegen. Doch

Alles war still geblieben, und der fürchterliche Mann war nicht zurück gekommen.

Irgendwann hatte Pepe angefangen, sich vorsichtig zu bewegen. Sein rechtes Bein und seine rechte Schulter hatten ihm vom Aufprall auf dem Steinboden wehgetan. Dennoch hatte er aufgeatmet, als er gemerkt hatte, dass der Sack nicht zugebunden war und war herausgekrochen.

Stockfinster war es um ihn herum gewesen.

„Wo bin ich nur?" hatte er gedacht, während er angestrengt versucht hatte, irgend Etwas in der Dunkelheit zu erkennen. Aber da war weit und breit nichts zu sehen gewesen, was auch nur im Entferntesten ein wenig Licht in die Dunkelheit hätte bringen können.

„Was soll ich bloß tun?" hatte er immer wieder gedacht und war auf dem Boden liegen geblieben.

Seitdem war einige Zeit vergangen.

„Ich werde aufzustehen und vorsichtig hin- und hergehen." beschloss er. „Vielleicht bekomme ich so ein Gefühl dafür, wie groß der Raum ist, in dem ich bin." Außerdem war der Boden kalt und er fror, und je länger er liegen blieb, um so größer wurde seine Angst.

Er streckte seine Arme aus und ging langsam los. Schon nach ein paar Schritten berührten seine Fingerspitzen eine Wand. Sie fühlte sich erdig und kalt an. Er drehte um und ging in die entgegengesetzte Richtung zurück. Diesmal brauchte er mehr Schritte, um an eine Wand zu gelangen.

„Das waren acht Schritte von Wand zu Wand." sagte er zu sich selbst. „Wenn ich mich also wieder umdrehe und vier Schritte gehe, dann müsste ich in der Mitte zwischen den beiden Wänden sein."

Gesagt, getan.

„Und jetzt die anderen Wände!" Er drehte sich so, dass rechts und links von ihm die beiden ersten Wände waren und ging los. Diesmal zählte er achtzehn Schritte, bis er eine Wand berührte. Zur gegenüberliegenden Wand waren es sogar achtunddreißig. „Ganz schön groß!" dachte er.

Plötzlich sah er links von sich ein winzig kleines Licht. Wo kam das Licht her? Hatte er es bisher übersehen? Er kniff die Augen zusammen und schaute genauer hin. Aber alles, was er erkennen konnte, war ein winziger Lichtpunkt. Er beschloss, darauf zuzugehen.

Als er näher kam, sah er, dass das Licht ein Stück über dem Boden schwebte. Er beugte sich hinunter, doch noch immer konnte er nicht mehr als einen Lichtpunkt erkennen.

Vorsichtig streckte er die Hand danach aus. Täuschte er sich oder bewegte sich das Licht? Und sprach da nicht jemand ganz leise?

„*Wer bist Du?*" flüsterte er.

Keine Antwort.

Pepe überlegte, ob er nach dem Licht greifen sollte. Doch da begann das Licht nach oben zu steigen, bis es auf Höhe seiner Augen war.

„Ich bin Josia." sprach das Licht mit zarter Stimme. „Man nennt mich auch *Das Licht in der Finsternis!* Ich bin ein Lichtwesen. Das Kleinste, das es gibt. Aber ich kann noch wachsen!"

Pepe versuchte erneut, Etwas mehr zu erkennen, aber das gelang ihm nicht.

„Ich bin nur Licht. Mehr kannst Du nicht sehen."

„Und wo kommst Du her?" fragte Pepe.

„Aus Dir!"

„*Aus mir?* Wie meinst Du das?"

„O, das ist ganz einfach: Immer, wenn ein Lebewesen sich in tiefster Dunkelheit befindet und nichts erkennen kann, dann denkt es, diese Dunkelheit sei die Wahrheit. Aber das stimmt nicht. Das sagen nur die Gedanken. In den allermeisten Fällen gibt es nach wie vor Licht in den Lebewesen, im Herzen, auch wenn es manchmal ganz klein geworden zu sein scheint!"

Pepe hörte gebannt zu.

„Die Lebewesen, und besonders die Menschen, sind es aus für uns unerfindlichen Gründen gewohnt, an die Dunkelheit zu glauben. Nur allzu schnell vergessen sie das Licht. Sie machen sich dann nicht einmal die Mühe, danach zu suchen, sondern finden sich damit ab. Sie fürchten sich lieber vor der Dunkelheit, als dass sie sich auf die Suche nach dem Licht machen!"

Josia machte eine kleine Pause.

„Aber Du siehst selbst:" fuhr er fort, „Das kleinste Licht reicht aus, und es ist nicht mehr ganz dunkel!"

„Das stimmt!" flüsterte Pepe. „Du hast recht: Es ist hier nicht mehr so dunkel wie zu Anfang. Aber wieso hast Du gesagt, Du kommst aus mir? Wie geht das?"

Pepe kam es so vor, als lächelte das Licht.

„Wenn ein Lebewesen in tiefster Dunkelheit nicht aufgibt, dann entstehen wir." antwortete Josia.

„Wir?"

„Ja. Zu Anfang ist es meist nur ein kleines Lichtwesen, das entsteht. So, wie ich. Ich bin das Licht Deiner Hoffnung. Manchmal sind da nach und nach mehrere Hoffnungsschimmer in einem Lebewesen, und dann werden wir immer mehr. Manchmal sind wir so Viele, dass wir wie ein einziges großes Licht erscheinen. So ähnlich wie bei den Wassertropfen im Meer."

Pepe lächelte. Täuschte er sich, oder war es gerade heller geworden?

„Ja", sagte Josia, „jetzt ist hier noch ein Licht. Und es würde mich bei Dir nicht wundern, wenn wir bald immer mehr werden! Du bist ein mutiger kleiner Junge, Pepe! Du lässt Dich von Deiner Angst nicht unterkriegen! Das ist gut!"

„Mein Vater hat immer zu mir gesagt: Hab' die Angst, Pepe, fühl sie, lass sie zu, aber lass Dich von ihr nicht aufhalten!"

„Du hast einen weisen Vater, Pepe!"

„Darf ich Dich Etwas fragen, Josia?"

„Aber selbstverständlich!"

„Wenn Du mein Licht bist, wieso heißt Du dann nicht Pepe?"

„Keine Ahnung! Die Frage kann ich Dir leider nicht beantworten. Ich hoffe, das macht Dir nichts aus."

„Ist schon o.k." antwortete Pepe. „Aber wenn Du Josia heißt, wie heißen denn dann die Anderen?"

„Wir heißen alle Josia. Das macht es einfacher. Vor Allem, wenn wir immer mehr werden. Stell Dir mal vor, wir hätten alle verschiedene Namen! *So* brauchst Du Dir nur Josia zu merken, den Namen *Deines Lichtes!"*

„Meines Lichtes? Hat denn jedes Licht einen anderen Namen, also ich meine, das Licht von all den anderen Lebewesen?"

„In der Regel schon. Jeder hat sein eigenes Licht. Auch wenn wir Alle letztlich Eins sind und zusammengehören."

Pepe war tief beeindruckt. „Wieviele seid Ihr denn jetzt gerade?" Ihm war, als wäre das Licht wieder etwas größer geworden.

„Sieben." antwortete Josia. „Ich habe den Eindruck, als würden wir von Minute zu Minute mehr!"

„Das ist ja toll!" rief Pepe. „Dann hat mein Vater ja wirklich recht! Es geht nur darum, sich nicht von der Angst unterkriegen zu lassen.Mein Licht wird dadurch klein, stimmt's?"

„Ich sehe, Du bist eindeutig der Sohn Deines Vaters! Weise wie er!"

Pepe dachte nach. „Und was machen wir jetzt?"

„Das entscheidest Du, Pepe! Überleg doch mal: Wozu könntest Du Licht in diesem Moment am besten gebrauchen?"

„Um zu sehen, wo genau ich bin. Was das hier ist, wo ich bin! Und…" Sein Herz klopfte schneller. „um einen Weg zu finden, hier rauszukommen!"

„Bravo, Pepe! Ich bin stolz auf Dich! Du siehst, es macht durchaus Sinn für mehr Licht zu sorgen!"

Pepe sah sich um. Er konnte jetzt erkennen, wo die Wände waren, auf die er zugegangen war.

„Elf." hörte er Josia sagen. Im nächsten Augenblick begann das Licht sich zu bewegen.

Überrascht sah Pepe, dass es auf ihn zukam. „Ich habe gerade gedacht, dass es toll wäre, wenn Ihr mir wie eine Lampe leuchten würdet und ich Euch mit durch den Raum nehmen könnte!"

„Siehst Du?" sagte Josia. „Und schon geschieht es! Alles geht! Du brauchst nur die richtigen Gedanken zu denken! *Wir* sind ja *Dein Licht!*" Josia blieb neben Pepe auf der Höhe seines Kopfes stehen.

„Viel gibt es ja nicht zu sehen!" sagte Pepe. Er schaute sich um.

„Meinst Du?" fragte Josia.

„Naja, es ist alles ziemlich dunkel hier, so wie ein Verlies in einem Schloss wohl aussieht." entgegnete Pepe. „Alles Stein und Erde."

„Bist Du Dir ganz sicher?

„Wie meinst Du das, Josia?"

„Bist Du bereit, wirklich zu sehen, Pepe?"

Pepe runzelte die Stirn. Was sollte diese Frage. Er sah doch, was er sah.

Josia stand jetzt gegenüber von ihm in der Luft. Täuschte er sich, oder war es kleiner geworden?

„Ich frage Dich noch einmal, Pepe, mutiger kleiner Junge, der Du bist: Möchtest Du wirklich sehen? Bist Du bereit dazu?"

„Aber natürlich möchte ich das!" rief Pepe. Er erschrak, als das Licht um Einiges größer wurde.

„Dann sieh Dich noch einmal ganz genau um. Wir leuchten Dir dabei!"

„Ich möchte als Erstes dorthin!" sagte Pepe. Er zeigte auf die Wand rechts vor ihm.

Das Licht stand jetzt über seinem Kopf, groß wie eine Laterne.

Langsam ging Pepe auf die Wand zu. Er schaute ganz genau hin, aber er konnte nichts Besonderes erkennen, nur dunkle, feuchte Erde.

„Am besten nicht denken." hörte er Josia sagen. „Einfach gehen und schauen."

Pepe war kurz vor der Wand, auf die er zugegangen war, da erblickte er eine Kröte auf dem Boden vor sich. Erstaunt sah er sie an. Wo war sie hergekommen? Oder war sie schon die ganze Zeit über da? Wohnte sie vielleicht in diesem Verlies? Er hockte sich hin und sah sie genauer an. Irgend Etwas war sonderbar an ihr, aber er konnte nicht sagen, was.

„Nicht zu viel denken." flüsterte Josia.

Pepe atmete tief durch. Von seinem Vater hatte er gelernt, dass dies half, wenn man zu viel nachdachte.

Im selben Moment sah die Kröte ihn an. Sie lächelte. Dann begann sie zu sprechen, mit einer Stimme, die so schön war, dass Pepe alles Andere vergaß.

37

Zur selben Zeit kam in einem anderen Verlies ein anderer kleiner Junge zu sich. Manuel. Er war ebenfalls bewusstlos gewesen. „Wo bin ich hier?" dachte er. „Wieso hat der böse Mann mich wieder woanders hingebracht?"

Er versuchte, die Augen zu öffnen, aber das fiel ihm schwer. Sein Kopf dröhnte, so, als trampelten tausend wilde Pferde darin herum. Er war mit dem Kopf auf dem Boden aufgeprallt, als er in den Raum geschubst worden war. Er hatte sich nicht wehren können, weil er mit seinen drei Jahren viel zu klein war. Und außerdem war er vor Hunger schon ganz schwach! Seit Wochen hatte er nichts Richtiges mehr zu essen bekommen. Ein paar Stücke trockenes Brot und Wasser, das war das Einzige gewesen.

Er versuchte erneut, die Augen zu öffnen. Dieses Mal gelang es ihm immerhin so weit, dass er - dank einer kleinen Öffnung oben in einer der Mauern, durch die das Mondlicht fiel -, erkennen konnte wo er war: wieder in einem dunklen Raum, diesmal jedoch einer, der an eine vollgestopfte Werkstatt erinnerte. Alles war vollgestellt und wirkte dreckig, so, als hätte hier noch nie jemand sauber gemacht.

Er stand vorsichtig auf. Sein Kopf dröhnte so stark, dass ihm schwindelig wurde. Doch nach einer Weile ging es. Das Dröhnen wurde weniger.

Er sah sich um: Soviel er erkennen konnte, standen überall im Raum Eimer und Schüsseln und jede Menge Körbe. Dazwischen lagen Seile auf dem Boden herum. An einer Wand hingen Werkzeuge: Hammer, Messer, Scheren sowie ein Beil. Davor stand ein großer Tisch. Bis auf ein paar dreckige Lappen, war er leer.

Neben dem Tisch sah er eine Puppenstube. Sie war größer als er und sah neu und sauber aus.

Verwundert ging Manuel näher heran. Auf den ersten Blick sah die Puppenstube aus wie eine gewöhnliche Puppenstube. Doch als er davor stand, erkannte er, dass nur Kinderpuppen darin waren. Es waren keine Erwachsenen zu sehen.

„Eigenartig!" fand er und griff durch eines der Fenster nach einer der Puppen, einem kleinen Mädchen. Sie war noch nicht einmal so groß wie seine Hand und trug ein braunes Kleid mit einer Schürze. Er drehte die Puppe so, dass er im schwachen Licht, das von der Öffnung in der Mauer in den Raum fiel, ihr Gesicht sehen konnte.

„Ich kenne die Puppe!" dachte er verwundert. „Wie kann das sein?"

Plötzlich erschrak er. *„Die sieht ja aus wie Agnes!"* flüsterte er. *„Meine Schwester!"* Ihm wurde schwindelig. Agnes war vor einem Jahr spurlos verschwunden. Sie war in den Wald gegangen und nicht wieder zurückgekommen.

Er starrte auf die Puppe in seiner Hand. Wie konnte das sein? Das musste ein Zufall sein! Woher sollte Derjenige, der diese Puppe gemacht hatte, wissen, wie Agnes ausgesehen hatte?

Er sah sich die Puppe genauer an. War sie aus Holz? Je länger er sie anschaute, um so mehr hatte er den Eindruck, dass es kein Holz war, aus dem die Puppe geschnitzt war. Aber woraus war sie dann gemacht?

Er legte die Puppe neben sich auf den Boden und griff erneut ins Puppenhaus. Diesmal nahm er einen kleinen Jungen heraus, der so alt wie er hätte sein können, wenn er ein Mensch gewesen wäre.

Wieder erschrak er, als er das Gesicht sah. *„Diese Puppe sieht aus wie Tonino!"* flüsterte er. *„Der jüngste Sohn vom Kutscher!"* Auch er war vor langer Zeit verschwunden und nie wieder aufgetaucht. Seine Eltern hatten irgendwann geglaubt, er sei von einem Wolf getötet und gefressen worden.

Manuel begann zu zittern.

Schnell legte er die Puppe neben die andere auf den Boden.

Wer hatte diese Puppen gemacht? Und warum? *„Der muss doch Agnes und Tonino gekannt hatte!"* flüsterte er. Er glaubte nicht mehr an einen Zufall. Wer war in der Lage, ihre Gesichter so genau so klein schnitzen zu können? Ein Künstler? Hatten die Beiden ihm Modell gesessen?

„Ich nehme noch eine Figur." dachte er. „Vielleicht bilde ich mir das doch nur ein, weil ich soviel Hunger habe und hier gefangen bin und nach Hause will zu meinen Eltern und meinen Geschwistern!"

Zitternd nahm er eine weitere Jungsfigur. Sie war noch kleiner als die anderen beiden Puppen. Das Gesicht kam ihm unbekannt vor, was ihn ein wenig beruhigte.

Erst jetzt sah er, dass neben dem Puppenhaus ein großer Korb stand.

Er war voller Stöcker. Vielleicht war das das Holz, aus denen die Puppen gemacht waren, obwohl, nach Holz hatten sie sich ja gar nicht angefühlt.

Er nahm einen Stock heraus. Er war in etwa so lang wie sein Unterarm. „Das ist kein Holz!" dachte er. „Aber es fühlt sich an wie die Puppen." Er runzelte die Stirn. Was waren das für Stöcker?

Er beugte sich ganz dicht über den Korb.

In dem Moment fiel das Mondlicht besonders hell durch die kleine Öffnung in der Mauer. Zwischen den Stöcken sah Manuel etwas Weiches, Braunes. *„Das…ist…Agnes' Schürze!"* flüsterte er. *„Wie kommt die hier her?"*

Er wollte danach greifen und sie herausziehen.

Da erkannte er, was in dem Korb lag. *„Knochen!"* flüsterte er. *„Das sind alles…Knochen!"*

Er sprang auf und rannte zur Tür.

„Hilfe!" schrie er. *„Hilfe! Ich will hier raus!"* Er hämmerte mit seinen Fäusten an die Tür. *„Ich will hier raus! Lasst mich raus! Bitte!!!"*

Er sank auf den Boden. *„Ich will hier raus!"* flüsterte er. *„Bitte…!"* Er begann zu schluchzen. *„Mama! Papa!"* flüsterte er.

Doch niemand kam.

38

„Ich bin Marla!" sagte die Kröte. „Und ich möchte Dir Etwas erzählen: Einst war die Welt voller Blüten, den schönsten und duftendsten Blüten, die man sich nur vorstellen kann."

Marla saß reglos auf der Stelle und schaute Pepe unverwandt an. Dass eine Kröte eine so wunderbare Stimme haben konnte, hätte er nie für möglich gehalten.

„Es gab auf der Erde unzählig viele verschiedene Lebewesen", fuhr sie fort, „Pflanzen und Tiere, und die Erde war so bunt und so lebendig und von einer so tiefen Fröhlichkeit, dass es einfach nur eine Freude war, darauf zu leben.

Auch Menschen gab es. Sie sahen aus wie die Menschen heutzutage, aber sie waren ganz anders: Es gab keine Konkurrenz unter ihnen.

Niemand wollte besser sein als der Andere. Niemandem war es wichtig, wieviel er besaß. Was zählte, das waren die anderen Lebewesen, egal ob Menschen, Tiere oder Pflanzen. Es ging allein darum, dass es Allen gut ging.

Die Menschen wussten, was es heißt, bedingungslos zu lieben, ohne Erwartungen an die Anderen und ohne Be- und Verurteilen. Es gab keine Bosheit und keinen Neid, keine Schuld, keinen Hass und keine Eitelkeit, keinen Betrug oder Verrat und keine Verletzungen auf körperlicher, geistiger oder seelischer Ebene.

Die Menschen verstanden einander und bauten keine Mauern um sich herum auf, hinter denen sie dafür kämpften, Recht zu haben.

Die Menschen waren offen. Sie waren frei. Frei und mit offenem Herzen gingen sie durch die Welt. Alles war voller Licht! *Es war wunderschön!!"*

Marla schwieg für einen Augenblick. Ihre Augen strahlten Pepe an. Er spürte, was es bedeutet haben musste, damals gelebt zu haben.

Dann verschwand das Leuchten aus Marlas Augen, und sie schaute ernst, als sie fortfuhr: „Das Licht ist schon seit langer Zeit in Gefahr! Dieser Schwarze Graf ist ohne jede Hemmung. Er ist vollkommen rücksichtslos. Ihm ist wirklich alles egal, außer er selbst. Er tötet, ohne zu zögern. Mitgefühl ist ihm fremd. Es geht ihm nur darum, alles unter seine Kontrolle zu bekommen und seine Macht immer weiter auszuweiten.

Er ist nicht der Erste in seiner Reihe, aber der bisher Mächtigste, Derjenige, der die meisten Lebewesen in seinen Bann gezogen hat. Ich weiß nicht, was er all denen versprochen hat, aber es werden immer mehr. Er arbeitet mit Angst. Liebe ist ihm fremd. Das Licht verabscheut er."

Sie machte eine weitere Pause. Dann flüsterte sie mit beschwörender Stimme: *„Wir müssen ihn aufhalten, mein Junge, bevor es zu spät ist!"* Sie atmete schwer, so, als läge eine zentnerschwere Last auf ihr. „Noch ist nicht alles verloren! Wir haben noch eine Chance!"

Pepe sah sie mit großen Augen an.

„Bist Du mutig, Pepe?" fragte sie. Sogleich schüttelte sie den Kopf. „Natürlich bist Du mutig, sonst wärst Du jetzt nicht hier! Und vor Allem: Du hättest mich nicht sehen können, wärest Du nicht mutig!" Sie strahlte wieder.

„Mein Junge, wenn wir uns Alle zusammentun, die wir an das Licht glauben, dann haben wir eine Chance!"

„Alle?" fragte Pepe. „Aber...wie sollen wir denn Alle so schnell zusammen bekommen?"

„O.k.!" entgegnete Marla. „Fünf reichen für's Erste auch schon! Fünf, die an das Licht glauben. So wie Du und ich!"

Pepe musste sofort an Jasmin denken und an Gustâve. „Mit mir weiß ich Drei!" sagte er.

„Und ich sind Vier!" entgegnete Marla.

Pepe dachte nach. „Das Rotkehlchen!" rief er. „Das Rotkehlchen gehört auch dazu! Fünf! Mit dem Rotkehlchen sind wir fünf!!"

„Dann können wir beginnen!" sagte Marla und drehte sich um.

„Halt!" rief Pepe.

Marla drehte ihren Kopf zu Pepe, ging aber langsam weiter. „Ja?"

„Du...Du hast mir noch gar nicht gesagt, was wir tun!" rief Pepe. „Und wie wir alle Fünf zusammen bekommen!"

Marla lächelte ihm zu. „Folge mir einfach." Sie drehte ihren Kopf wieder nach vorne und ging los.

„Wo will sie denn hin?" dachte Pepe. „Hier gibt es doch nirgendwo eine Öffnung, durch die auch ich kann. Und wieso sagt sie nichts mehr, sondern geht einfach weiter. Oder will sie vielleicht alleine gehen? Aber nein, ich soll ihr ja folgen."

Er sah, wie Marla unbeirrt auf die Wand vor ihr zuging.

„Hé!" rief er. „Marla! Wo willst Du hin?"

Doch Marla antwortete nicht, sondern ging weiter geradeaus. Jetzt war sie nur noch ein kleines Stück von der Wand entfernt. Ohne sich umzudrehen, hob sie den rechten Vorderfuß und gab Pepe damit zu verstehen, dass er ihr folgen solle. Im nächsten Augenblick war ein großes Licht um sie herum, so hell, dass die gesamte Wand vor ihr erleuchtet war.

„Wo bleibst Du?" rief sie. „Komm schon! Oder willst Du hierbleiben?"

Pepe rannte los.

Im nächsten Augenblick begann die Mauer sich zu öffnen und war gleich darauf verschwunden.

Marla trat hindurch. Dann blieb sie stehen und schaute Pepe an.

„Schnell, mein Junge! Die Mauer schließt sich gleich wieder!"

Mit einem Satz war Pepe bei ihr, gerade rechtzeitig, bevor die Mauer sich hinter ihm schloss.

„É voilá!" Marla zeigte auf das, was vor ihnen lag: Anstatt im Schwarzen Schloss zu sein, wie Pepe angenommen hatte, waren sie am Waldrand.

Marla zeigte auf ein Licht nicht weit von ihnen entfernt.

„Was ist das?" flüsterte Pepe.

Marlas Lächeln wurde breiter. „Das wirst Du gleich sehen!"

Sie gingen auf das Licht zu.

„Was ist das für ein Licht?" dachte Pepe. „Hier am Waldrand? Mitten in der Nacht?" Eine Feuerstelle war es jedenfalls nicht. Das Licht war viel heller und klarer als Feuer.

Als sie näher kamen, erkannte Pepe lauter Lichter in der Luft.

„Das sind die Waldfeen und die Elfen!" sagte Marla. „Und ein paar Glühwürmchen!"

„Was machen sie hier?" flüsterte Pepe.

„Sieh - und schau!" antwortete Marla.

Pepe konnte es zuerst nicht glauben, als er in der Mitte des Lichtkreises Jasmin erkannte. Sie lag friedlich da.

„Jasmin!" flüsterte er. Tränen liefen ihm über das Gesicht.

„Sie schläft nur." beeilte sich Marla zu sagen.

Pepe ging leise zu ihr und kniete sich neben sie. *„Jasmin! Du bist in Sicherheit!"* flüsterte er. *„O, wie ist das schön!"*

Als er den Kopf hob, sahen die Feen und Elfen ihn an. Pepe kam es so vor, als wenn das Licht größer geworden war.

„Worauf wartest Du noch?" flüsterte Marla. „Weck sie auf!"

Pepe berührte die kleine Prinzessin vorsichtig an der Schulter. *„Jasmin, wach auf! Ich bin's, Pepe!"* flüsterte er.

Die kleine Prinzessin lächelte. Was für ein schöner Traum! Sie hatte Pepes Stimme gehört, und es hatte sich so nah angefühlt, als sei er direkt neben ihr.

Sie schlug die Augen auf. *„Pepe?"* flüsterte sie. *„Bist Du das wirklich? Oder träume ich das nur?"* Sie richtete sich auf.

„Nein, Du träumst nicht, Jasmin!" rief Pepe ausser sich vor Glück. „Jasmin, Du lebst, und es geht Dir gut!"

Sie fielen sich in die Arme und hielten sich ganz fest.

Marla räusperte sich. „Es tut mir leid, Euch Beiden zu stören, aber wir haben noch Etwas vor!"

Überrascht schaute die kleine Prinzessin zu Marla.

„Das ist Marla!" sagte Pepe. „Sie hat mich hier hergeführt."

„Das würde ich so zwar nicht sagen", entgegnete Marla lächelnd, „aber für weitere Erklärungen ist jetzt keine Zeit." Sie wandte sich zu den Feen und Elfen. „Ich übergebe das Wort an Euch!"

Die älteste der Waldfeen, Ludmilla, flog in die Mitte des Kreises und blieb dort in der Luft stehen: „Diesmal wird das Licht siegen!" sagte sie mit fester Stimme. „Für immer! Noch glaubt der Schwarze Graf zwar, er würde gewinnen. Das denken Alle, die der Finsternis dienen. Aber diesmal täuscht er sich."

„Aber wie sollen wir das schaffen?" entfuhr es der kleinen Prinzessin.

„Indem wir Alle zusammenhalten!" antwortete die alte weise Waldfee. „Gustâve wird uns weiterhelfen. Er muss jeden Augenblick hier sein. Ich weiß, dass er meinen Ruf vernommen hat!"

Die kleine Prinzessin und Pepe sahen sie fragend an. Sie hatten keinen Ruf gehört.

„Gustâve spürt Lichtbotschaften." antwortete die Waldfee. „Wenn ich meinen Gedanken so viel Energie verleihe, dass sie zu reinem Licht werden, kann ich sie gezielt aussenden, und zwar unendlich weit. Licht hat eine für Menschen nicht fassbare Geschwindigkeit. Gustâve jedoch spürt sie. Ich habe ihm gesagt, dass er auf dem schnellsten Weg herkommen soll. Das Licht braucht ihn!"

Es knackte im Unterholz. Gleich darauf trat ein großer, majestätischer Löwe heraus.

Die Kinder erschraken.

„Schön, Euch Beiden so unversehrt zu sehen!" sagte Gustâve mit der tiefen, warmen Stimme eines Löwen.

„Wow!" flüsterte Pepe. „Du siehst beeindruckend aus!"

Die kleine Prinzessin und er rannten auf ihn zu. Dann umarmten sie ihn lange.

Gustâve war zu Tränen gerührt, so sehr freute er sich, dass es den Beiden gut ging.

„Auch wenn es mir schwer fällt!" sagte er, „Wir müssen los, Kinder! Der Schwarze Graf hat noch weitere Kinder in seiner Gewalt."

„Du warst im Schloß?" entfuhr es der kleinen Prinzessin.

Gustâve nickte. „Ja, mit Pit, der mutigsten Maus, die ich kenne! Er hat mich durch all die dunklen Gänge gelotst und mir gezeigt, wie ich wieder herausfinde. Aber das erzähle ich Euch später! Wir müssen jetzt los!" sagte Gustâve. „Wir haben im Keller hinter mindestens fünf Türen Kinder weinen gehört. Aber ich vermute, es gibt noch mehr!"

Die kleine Prinzessin riss entsetzt die Augen auf. „Er...sammelt Kinder???" flüsterte sie.

„Sieht so aus." antwortete Gustâve. „Bevorzugt Jungs, wie es scheint." Als er spürte, dass Jasmin und Pepe Angst bekamen, richtete er sich zu voller Größer auf und sagte mit kräftiger Stimme: „Wir werden die Kinder befreien! Alle! Alles wird gut! Aber wir sollten jetzt wirklich los!" Er ging in die Knie und ließ die Beiden aufsteigen.

„Einen Moment noch!" rief die alte Waldfee. „Erst noch den Schutzsegen! Soviel Zeit muss sein!"

Die Feen und Elfen hatten bereits einen Kreis um die Drei gebildet, der voller Licht war. Jetzt erklang ein zarter Gesang, so schön, dass die kleine Prinzessin Gänsehaut bekam. Mit jedem Ton, den die Elfen und Feen sangen, wurde das Licht stärker. Es war ein zarter, durch und durch liebevoller Gesang, der eine solche Kraft besaß, dass die kleine Prinzessin es in ihrem ganzen Körper spürte. Noch niemals zuvor hatte sie so Etwas gespürt: eine unerschütterliche Kraft, die keinen Zweifel daran ließ, dass das Gute siegen würde!

Der Gesang dauerte nicht lange, aber er hatte Ihnen Alles geschenkt, was sie brauchten: Mut und Zuversicht!

„Dann los mit Euch!" sagte Marla. „Alles Gute! Der Segen ist mit Euch!"

„Du kommst nicht mit?" rief Pepe.

„Nein, mein mutiger Pepe! Aber wir sehen uns wieder!"

„Haltet Euch gut fest, Kinder!" rief Gustâve. „Es geht los!" Er schloss die Augen, nickte zweimal und war im nächsten Augenblick wieder ein großer Adler.

Die kleine Prinzessin erschrak zuerst, als sie vom Boden abhoben und in die Luft stiegen, auch, weil sie den Eindruck hatte, als seien Pepe und sie kleiner geworden. Doch Pepe beruhigte sie. „Keine Sorge! Wenn er wieder größer wird, werden wir es auch!"

Gustâve hatte schnell die Baumwipfel erreicht und flog mit hoher Geschwindigkeit auf das Schwarze Schloss zu. Der Wind pfiff ihnen in den Ohren und zog an den Haaren der kleinen Prinzessin. Sie hatte das Gefühl, als sei es kein normales Fliegen.

Gleich darauf sahen sie den Innenhof des Schwarzen Schlosses unter sich.

„Ich weiß, wo wir hinmüssen" flüsterte Gustâve. *„Haltet Euch gut fest! Den Rest überlasst bitte mir!"*

Er flog fast senkrecht nach unten und landete lautlos auf dem Boden. Es gab ein kurzes Rauschen, und im nächsten Moment fanden die kleine Prinzessin und Pepe sich winzig klein auf dem Rücken einer kleinen hellbraunen Maus wieder. Ohne ein weiteres Wort zu sagen, rannten sie los.

Sie konnten kaum die Hand vor Augen zu sehen, so dunkel war es im Schloss. Gustâve schlüpfte unter einer schweren Holztür durch. Die beiden Kinder drückten sich ganz dicht an seinen Rücken.

Hinter der Tür begann ein langer Flur. Gustâve rannte weiter. Da er nicht wusste, was auf dem Weg auf sie zukommen konnte, entschied er sich, vorerst eine kleine Maus zu bleiben. So war er am beweglichsten und fiel am wenigsten auf.

Plötzlich hörten sie Etwas, das ihnen den Atem stocken ließ. Es hörte sich an wie ein Kampf, der ausgefochten wurde, ein ungleicher Kampf. Je näher sie kamen, um so lauter und bedrohlicher waren die Geräusche.

„Gut festhalten!" rief Gustâve.

Es rauschte.

Die kleine Prinzessin und Pepe spürten eine innere und äußere Erschütterung. Im nächsten Moment hatten sie ihre normale Größe wieder und saßen auf dem Rücken eines mächtigen Löwen, der eine wilde, feuerrote Mähne hatte. Seine großen Pranken ließen den Boden erbeben. Mit jedem Schritt wurde er größer. Schließlich reichte er fast bis zur Decke. Unwillkürlich zogen Pepe und die kleine Prinzessin ihre Köpfe ein.

Inzwischen war der Lärm der Kämpfenden so laut, dass es ihnen in den Ohren wehtat. Und jetzt erkannte die kleine Prinzessin die Stimmen der Kämpfenden. Sie gehörten dem Schwarzen Grafen - und ihrem Vater.

Sie erstarrte.

„...keine Chance!!!" schrie der Schwarze Graf wie von Sinnen. Seine Stimme drückte so viel Wut aus und klang so furchterregend, dass klar war, dass es nur noch eine Frage der Zeit war, wann er zum tödlichen Angriff übergehen würde.

„Papa!" flüsterte die kleine Prinzessin. Sie begann zu zittern.

Gustâve ließ die beiden Kinder abspringen. „Schnell!" flüsterte er. „Lauft dahinten in die Ecke! Und bleibt dort!"

Dann machte er einen großen Sprung nach vorne.

„Ich werde Dir das Herz bei lebendigem Leib herausreißen und aufessen!" schrie der Schwarze Graf.

„Das würde ich sein lassen!" sagte Gustâve mit einer tiefen, durchdringenden Stimme. Majestätisch stand er da und schaute auf den Schwarzen Grafen herab.

„Wer wagt es..." schrie dieser und drehte sich um. Als er Gustâve erblicke, starrte er ihn mit weit aufgerissenen Augen an.

Gustâve schaute ihm von oben herab direkt in die Augen. Dann brüllte er, so laut, dass die Wände zu beben begannen.

Der Schwarze Graf schien begreifen zu wollen, was da gerade passierte. dass er keine Chance mehr hatte. Doch er weigerte sich, aufzugeben.

Gustâve brüllte ein weiteres Mal.

Der Schwarze Graf ließ den König los.

Diesen Moment nutzte der König und rollte sich zur Seite.

„Schliesst die Augen, Kinder, und haltet Euch die Ohren zu!" rief Gustâve.

Gerade noch rechtzeitig. Denn der Schwarze Graf stürmte schreiend auf Gustâve los. Er wollte nur Eins: kämpfen, das war ihm deutlich anzusehen. Selbst im Tode noch, der ihm unmittelbar bevorstand, das wusste er, würde er kämpfen.

Gustâve senkte den Kopf. Dann öffnete er das Maul.

Der Schwarze Graf wurde von den riesigen, messerscharfen Zähnen regelrecht aufgespiesst. Er hing in Gustâve's Maul, den Mund wie zu einem Schrei geöffnet. Doch es war kein Ton zu hören. Einer der Reißzähne hatte seine Lunge durchbohrt.

Gustâve biss zu.

Als seine Zähne das Herz des Schwarzen Grafen trafen, spürte er, dass es so hart wie ein Stein war. Wie durch ein Wunder blieben seine Zähne jedoch heil. Gustâve riss den Körper des Schwarzen Grafen binnen Sekunden in Stücke. Das Blut spritzte in alle Richtungen. Es war schwarz.

Gustâve hob den Kopf und brüllte ein drittes Mal.

„Haltet die Augen noch zu, Kinder!" rief der König, der die ganze Zeit über vor den Kindern gestanden und sie fest in den Armen gehalten hatte. Er wollte den Ihnen den Anblick des in Stücke gerissenen, Blut überströmten Leichnams unbedingt ersparen.

Für einen kurzen Moment war es totenstill. Dann war ein Zischen zu hören, und der Körper des Schwarzen Grafen war verschwunden. Es war, als wäre er niemals da gewesen. Nichts blieb von ihm übrig, nicht das kleinste Staubkorn.

Der König trat mit den beiden Kindern zu Gustâve.

„Seine Seele war so schwarz, dass ihn nicht einmal die Mächte der Finsternis haben wollten." sagte Dieser in die Stille hinein. „Nicht Einer von ihnen ist gekommen, um seine Seele abzuholen. Vielleicht haben sie es gewusst."

„Wo ist seine Seele denn jetzt?" fragte die kleine Prinzessin. Sie drückte sich ganz fest an ihren Vater.

„Verschwunden!" antwortete Gustâve.

Er begann, kleiner zu werden, bis er schließlich wieder die Größe eines normalen Löwen hatte.

„Seine Seele hat sich aufgelöst." sagte Gustâve. „Das ist eigentlich unmöglich, denn Seelen sind unsterblich. Seine aber muss tatsächlich so schwarz gewesen sein, dass kein wahrhaftiges Leben mehr in ihr gewesen ist. Damit ist er weg. Für immer und ewig! Es ist vorbei! Ein für alle Mal!"

40

„Jasmin!" rief es über ihnen. Das Rotkehlchen kam auf sie zugeflogen. Es hatte die ganze Zeit über auf einem Mauervorsprung unter der Decke gesessen. „O, was bin ich glücklich, dass es Dir gut geht!"

Die kleine Prinzessin hielt dem Rotkehlchen ihre Hand hin. „Und wie geht es Dir? Dein rechter Flügel sieht irgendwie komisch aus?!"

Das Rotkehlchen wollte gerade antworten, da hörten sie eine zarte Stimme sagen: „Mann, das war aber echt heftig! Ohne Augen zu hätte ich das nie geschafft!" Ed trat aus einer der Ecken hervor. Hinter ihm kamen Pauli und Fred. „Und ohne Ohren zuhalten auch nicht!" sagte Fred.

Der König kniete sich hin. „Darf ich vorstellen? Meine Retter: Ed, Fred und Pauli."

„Retter?" entfuhr es der kleinen Prinzessin.

„Er ist dem Schwarzen Widerling in die Falle gegangen." antwortete Ed.

„Also, gegangen ist vielleicht nicht ganz das richtige Wort", entgegnete Fred. „Eher gefallen."

Ed rollte mit den Augen. „Am besten erzählst Du selber!" sagte er zum König.

„Nicht duzen!" flüsterte Pauli.

„Du bist in eine Falle gefallen, papá?" Die kleine Prinzessin sah ihren Vater entsetzt an.

„Ja." antwortete Dieser. „Ohne die Drei und den Fuchs und das Rotkehlchen würde ich noch da unten liegen."

„Und ohne Ulla!" rief Ed.

„Ulla?" Die kleine Prinzessin schaute ihren Vater fragend an.

„Das erzähle ich Alles später." antwortete der König. „Dafür ist jetzt keine Zeit! Wir müssen die anderen Kinder befreien!"

Er spürte, wie Pepe seine Hand ganz fest hielt. „Der Schwarze Graf hat so schreckliche Dinge geschrieen, als er mich aus dem Turmverlies verschleppt hat." sagte Pepe mit wackeliger Stimme. „Über „die anderen Bälger, die im Keller sind…zu nichts nutze… höchstens als Puppen…und wehe, ich wäre auch so!" Und dann hat er noch ganz viel Anderes geschrieen in seiner Wut." Pepe zitterte.

Der König nahm ihn in die Arme und hielt ihn ganz fest. „Wir werden Alle finden und befreien!" sagte er. Er strich Pepe über den Kopf.

„Ich glaube übrigens, gleich hinter uns ist eins von den Verliessen. Ich habe dort eine Stimme gehört, bevor der Graf mich entdeckt hat. Eine Kinderstimme."

Der kleinen Prinzessin lief ein Schauer über den Rücken. Sie ging zu der Tür, auf die ihr Vater gezeigt hatte und klopfte ganz laut. „Hallo?" rief sie. „Ist da Jemand? Ist Jemand da drin?"

Stille.

„Ich bin Jasmin." rief sie. „Der Schwarze Graf ist tot. Für immer und ewig. Er kommt nicht wieder! Nie nie nie nie nie!" Ihr war, als bewegte sich Jemand hinter der Tür.

„Wer da auch ist hinter der Tür." rief sie. „Hab keine Angst mehr! Jetzt wird alles gut! Du bist jetzt sicher! Wir befreien Dich! Mein Vater ist auch hier und Pepe, mein Freund, und das Rotkehlchen und drei mutige Mäuse. Und Gustâve. Gustâve ist im Moment ein Löwe. Er hat den Schwarzen Grafen getötet. Aber er ist eigentlich ein Pferd. Er ist ganz ganz stark! Und er kann sich verwandeln!"

Immer noch Stille hinter der Tür.

Dann hörten sie eine zarte Stimme, wie von einem dreijährigen Kind: „Bist Du *auch* ein Löwe?"

„Nein." antwortete die kleine Prinzessin. „Ich bin ein Mädchen. Ich bin fünf Jahre alt. Und Pepe, mein Freund, ist auch ein Mensch und auch fünf Jahre alt. Und mein Papa ist ein Mann. Er ist der König!"

„Ich bin ein Junge." sagte die zarte Stimme. „Ich bin Manuel."

„Manuel!" flüsterte der König. „Du bist der Sohn vom Kutscher, nicht wahr?"

Manuel nickte hinter der Tür.

„Wir holen Dich jetzt da raus!" sagte der König.

Er drehte sich zu Gustâve. Der nickte wortlos.

„Manuel, geh jetzt mal so weit weg von der Tür, wie Du kannst." rief der König. „Dann geht es gleich los! Und halte Dir besser die Ohren zu. Es könnte sehr laut werden!"

Sie hörten Kinderschritte, die sich entfernten. Dann war es ruhig. Sehr groß schien der Raum nicht zu sein.

„Die Tür geht nach innen auf, glaube ich…" sagte die kleine Prinzessin.

„Es wird ihm nichts passieren." entgegnete Gustâve.

Er atmete tief durch und richtete sich zu voller Größe auf. Dann schloss er die Augen und nickte zweimal. Im nächsten Moment stand ein Panzernashorn vor ihnen.

„Ist besser zum Tür öffnen!" sagte Gustâve.

Sie drückten sich alle so dicht wie möglich an die gegenüber liegende Wand und hielten sich die Ohren zu.

Dann rannte Gustâve los.

Es krachte Ohren betäubend laut. Gustâve brauchte drei Anläufe, erst dann barst die schwere, dicke Eichentür. Mit einem Ruck zog er sein Horn heraus. Die Reste der Tür fielen mit einem lauten Krachen zu Boden.

Im nächsten Augenblick rauschte es, und das Panzernashorn war verschwunden. An seiner Stelle stand ein mittelgroßer Hund mit hellem, leicht struppigem Fell. „Ich bin Gustâve." sagte er und ging auf Manuel zu. „Du bist jetzt in Sicherheit. Wir bringen Dich und die anderen Kinder hier raus."

In dem dunklen Raum vor ihm stand ein kleiner Junge und starrte ihn an.

„Hallo, Manuel!" sagte die kleine Prinzessin und trat neben Gustâve. „Ich bin Jasmin!" Sie spürte, wieviel Angst Manuel hatte. Er war ein wahrhaft kleiner Junge, zart und mit dünnen Armen und Beinen, blonden Haaren und großen braunen Augen, mit denen er sie unverwandt ansah. Er zitterte. Was hatte der Schwarze Graf ihm nur angetan?

„Jetzt wird alles gut, Manuel!" sagte die kleine Prinzessin und ging langsam auf ihn zu. „Du bist jetzt frei, und Du bist in Sicherheit!"

Manuel stand noch immer an derselben Stelle und schaute sie unverwandt an. Obwohl er nach wie vor zitterte, sah sie in seinen Augen Etwas, das sagte: „Ich bin unzerstörbar!"

„*Wow!*" dachte sie. „Was für ein kleiner Junge!" Sie hockte sich hin. Jetzt waren ihre Augen auf derselben Höhe wie seine. „Du bist jetzt in Sicherheit!" sagte sie.

Sie streckte ihre Hand aus. „Jetzt wird alles gut, glaub mir! Der böse Mann ist tot. Er ist weg. Für immer! Er wird nie wieder Jemandem Etwas tun!"

Manuel schaute sie ungläubig an. Dann warf er sich in ihre Arme und weinte bitterlich. „Er…er…" schluchzte er. „Er hat mir so viel Angst gemacht!" Er klammerte sich an sie.

Pepe liefen die Tränen über das Gesicht. Er lief zu den Beiden hin. „Hallo, Manuel!" sagte er mit wackeliger Stimme. „Ich bin Pepe! Und ich bin so glücklich, dass Du jetzt frei bist!" Er schlang seine Arme um die Beiden.

Auch dem König standen die Tränen in den Augen. „Ich bin Jasmins Vater." sagte er mit sanfter Stimme, während er auf die Drei zuging. „Jetzt wird wirklich alles gut, Manuel! Wir bringen Dich hier raus!" Er kniete sich hin und nahm die drei Kinder in seine Arme. So standen sie eine Weile, ohne Etwas zu sagen.
Schließlich stand der König auf. „Wir sollten jetzt die anderen Kinder befreien." sagte er.
Gustâve nickte. „Und ich weiß, wo wir sie finden!"
Sie rannten los.

„Hier entlang!" rief Gustâve ein ums andere Mal, während sie durch ein dunkles Labyrinth aus Gängen liefen. Sie konnten kaum die Hand vor Augen sehen, so dunkel war es. Die Kinder hielten sich ganz fest an den Händen, und die kleine Prinzessin hielt außerdem die Hand ihres Vaters.
Ausser Gustâve wusste Keiner, wo im Schwarzen Schloss sie sich befanden und schon gar nicht, wie sie wieder herausfinden sollten. Doch Gustâve bewegte sich mit schlafwandlerischer Sicherheit vorwärts und führte sie zu allen Verliessen und Kammern, in denen der Schwarze Graf ein Kind gefangen hielt.
Am Ende hatten sie elf weitere Kinder befreit, vor allem kleine Jungs, aber auch ein kleines Mädchen war dabei. Alle waren zwischen drei und fünf Jahren alt.

Dann ging alles ganz schnell. Noch ehe sie wussten, wie ihnen geschah, hatte Gustâve sie schon aus dem Schwarzen Schloss hinaus ins Freie geführt.

Nun standen sie direkt am Waldrand: die kleine Prinzessin, Pepe, Manuel und die anderen elf Kinder, der König, Gustâve sowie Ed, Fred und Pauli. Das Rotkehlchen saß auf der Schulter der kleinen Prinzessin.

Neben ihnen tauchte ein Fuchs aus dem Wald auf.

„O!" rief der König erfreut. „Da bist Du ja wieder!"

Der Fuchs verneigte sich. Dann schaute er in die Runde. „Schön, Euch Alle zu sehen!" Seine Stimme klang warm und freundlich.

Plötzlich bebte das Schwarze Schloss. Erschrocken zuckten die Kinder zusammen.

„Das Schwarze Schloss wird innerhalb der nächsten sieben Minuten verschwinden." sagte der Fuchs. „Habt keine Angst! Uns passiert nichts!" Er blickte zum Schloss. „Dunkelheit bleibt nicht bestehen, wenn das in ihr gefangene Licht erlöst wurde. Das ist heute geschehen."

Das Schloss bebte erneut, diesmal stärker. Fast sah es so aus, als zitterte es.

„Und Alles, was nicht zum Schloss gehört, wird erlöst werden." sagte der Fuchs.

„Wie meinst Du das?" Die kleine Prinzessin schaute ihn ängstlich an. „Wir sind doch Alle raus! Oder ist da etwa noch…?"

„Nein!" antwortete der Fuchs. „Keine Angst! Ihr habt alle Kinder aus den Verliessen befreit."

Erleichtert atmete die kleine Prinzessin auf.

„Aber es gibt noch zahlreiche Andere, die hier ums Leben gekommen sind", sprach der Fuchs weiter, „auch einige Tiere. Sie Alle werden ins Leben zurückkehren." Als er den entsetzten Blick der kleinen Prinzessin sah, fügte er hinzu: „Der Schwarze Graf war… Ich habe keine Worte dafür. Eine Bestie, trifft es vielleicht am ehesten."

Er atmete tief durch.

Dann schaute er zum Mond hoch. „Seht Ihr sein Lächeln? Er weiß, dass jetzt Alles gut wird. Wenn das Licht auf das Dunkle scheint, wird

Alles, was nicht zur Dunkelheit gehört, erlöst. Alles! Egal, was auch geschehen ist!"

Das Schloss bebte ein drittes Mal, diesmal so stark, dass die ersten Zinnen zu wackeln begannen. Gleich darauf folgte das nächste Beben. Die ersten Risse waren im Mauerwerk zu sehen.

Die Kinder drängten sich dicht zusammen.

„Euch wird nichts geschehen!" sagte der Fuchs mit ruhiger Stimme. „Ihr seid in Sicherheit!"

Es bebte ein weiteres Mal, diesmal so stark, dass der Boden unter ihnen Füßen wackelte.

„Habt keine Angst!" sagte der Fuchs. „Ihr seid sicher und beschützt!"

Im nächsten Augenblick ging ein Riss von oben bis unten durch das Schwarze Schloss. Die ersten Teile fielen krachend zu Boden.

Die Kinder begannen zu zittern.

„Ihr seid in Sicherheit!" wiederholte der Fuchs. „Euch wird nichts geschehen!"

Dann ging es Schlag auf Schlag. Ein Teil nach dem anderen fiel krachend zu Boden und zerbarst in tausend Stücke. Bald stand nur noch der Turm. Doch nicht mehr lange. Es sah aus, als hätte ihn ein unsichtbarer Blitz getroffen, denn er wurde von oben bis unten gespalten. Als der Turm in sich zusammenfiel, krachte es noch einmal Ohren betäubend laut.

Dann war es still.

Das Schwarze Schloss war nur noch ein großer Steinhaufen.

„Und...wo...sind jetzt...die Menschen und Tiere?" flüsterte die kleine Prinzessin ängstlich.

„Schau - und sieh!" antwortete der Fuchs.

Der kleinen Prinzessin kam es so vor, als ob der Mond besonders hell auf die Trümmer des Schlosses schien.

„Da!..." flüsterte Pepe. „Seht nur!"

Wie helle Wolken stiegen aus den Trümmern Menschen- und Tierformen empor. Sie richteten sich auf, schauten zum Mond hoch, schüttelten sich - und waren im nächsten Augenblick lebendig. Die meisten waren Kinder, kleine Kinder, aber es waren auch einige junge Männer und Frauen darunter. Es waren so Viele, dass es aussah, als hätte sich dort ein ganzes Dorf versammelt, samt Hunden und Katzen, und auch einige Schweine waren dabei.

„Ich kenne diese Menschen!" flüsterte der König. „Das sind all Diejenigen, die in den letzten Jahren aus den Dörfern verschwunden sind!"

„Jetzt sind sie wieder da!" sagte der Fuchs mit sanfter Stimme. „Lasst uns zu ihnen gehen! Ach ja, sie wissen übrigens nichts mehr von dem, was passiert ist, außer, dass sie hier waren. Das Licht hat jede dunkle Erinnerung gelöscht."

Die Kinder wunderten sich zwar, was sie hier alle zusammen im Wald auf dieser Lichtung machten, mitten in der Nacht. Aber sie waren so voller Freude, dass es gar nicht wichtig war, wieso und warum. Stattdessen fielen sie sich lachend in die Arme und waren einfach glücklich.

Als sie sahen, dass der König auf sie zukam, zusammen mit Kindern, einem Hund, einem Fuchs, sowie einem Rotkehlchen und drei Mäusen, wunderten sie sich zwar erneut. Aber eine Erklärung dafür brauchten sie nicht.

Manuel erkannte Agnes in der Menge und rannte los. Sie fielen sich in die Arme und wollten sich gar nicht wieder loslassen.

Der König begrüßte Alle, und schon bald darauf machten sie sich auf den Weg nach Hause.

Als die Sonne aufging, sahen sie bereits die Zinnen des königlichen Schlosses, die im Sonnenlicht golden glänzten. Ein Wachsoldat, der hinter den Zinnen auf und ab ging, sah sie. Die Nachricht verbreitete sich wie ein Lauffeuer.

Schon kurze Zeit später kamen ihnen die ersten Bewohner der umliegenden Dörfer entgegengelaufen. Schnell wurden es immer mehr. Der Jubel war riesig!

Auch die Menschen aus den Dörfern hatten keinerlei Erinnerungen mehr an die Vergangenheit. Sie wussten nur noch, dass ihre Liebsten auf einmal nicht mehr da gewesen waren, aber auch diese Erinnerung verschwand in dem Moment, in dem sie sich wieder in den Armen hielten.

Und noch Etwas geschah: Alle konnten miteinander sprechen und sich verstehen, Menschen und Tiere, und niemand wunderte sich darüber! Es wurde gelacht und gesungen, und Einige tanzten sogar.

Die kleine Prinzessin nahm die Hand ihres Vaters. „Papá?"

„Ja?"

„Was passiert mit den Kindern? Soviel ich weiß, haben die meisten von ihnen keine Eltern mehr!" Sie blieb stehen. „Können sie nicht bei uns auf dem Schloss bleiben?"

„Darüber habe ich auch schon nachgedacht, mein Engel! Und ich finde die Idee, dass sie bei uns auf dem Schloss bleiben, sehr schön! Wir haben so viel Platz, da werden wir schon etwas Passendes finden."

Sie gingen weiter. „Was hältst Du übrigens davon, Jasmin, wenn wir eine Schule aufmachen? Eine Schule für alle Kinder! Da können dann Alle hin, auch Pepe und Du selbstverständlich!"

Die kleine Prinzessin strahlte. Sie signalisierte ihrem Vater, sich zu ihr hinunter zu beugen. Als sein Gesicht nahe genug war, gab sie ihm einen Kuss auf die Wange. „Du bist der Beste!" rief sie.

Das Rotkehlchen, dass den ganzen Weg über auf ihrer Schulter gesessen hatte, flog vor Freude eine Glückskurve nach der Anderen. O, wie war das Leben schön! Alles war gut, und wie es aussah, würde es ab jetzt immer so bleiben!

Pepe, der die ganze Zeit neben ihnen gegangen war, hatte alles gehört. *„Ich…darf in die Schule?"* fragte er ungläubig.

„Aber ja, mein Pepe!" antwortete der König lachend und wuschelte ihm durch sein lockiges Haar.

„Juhu!" rief Pepe und sprang vor Freude hin und her. „Habt Ihr das gehört?" rief er den Anderen zu. „Ich darf in die Schule! *In die Schule!* In eine richtige Schule!"

Die kleine Prinzessin freute sich mit Pepe. Er war ein ganz Schlauer, das hatte sie schon längst bemerkt. Mehr als einmal hatte sie ihn gefragt, wieso er eigentlich nicht zur Schule gehen würde. Er hatte nie wirklich geantwortet, sondern immer abgelenkt. Als sie ihren Vater danach gefragt hatte, hatte dieser gesagt, dass Pepes Familie nicht genug Geld hätte, um das Material für die Schule zu bezahlen. „Aber da muss es doch andere Wege geben!" hatte die kleine Prinzessin entgegnet. Und nun war es soweit!

Diese Schule würde etwas ganz Besonderes werden, das hatte der König sich vorgenommen. Wohl ging es um das Erlernen von Lesen und Schreiben und Rechnen sowie den Wissenschaften und den Künsten. Aber auch Gott sollte einen Platz in der neuen Schule bekommen. Nicht so, wie in einer Klosterschule, wo Gott ganz eng mit der Kirche verbunden war. Vielmehr wünschte sich der König, dass die Kinder lernten, dass das wahre Glück nur in Einem bestand: der Liebe. So zu lieben wie Gott, bedingungslos und ohne Anfang und Ende, das war für ihn der Schlüssel zu einem wahrhaftigen und glücklichen Leben. Ein Leben voller Frieden und Freiheit, voller

Fürsorge und Miteinander, voller Geborgenheit und Sicherheit, voller Kraft und Mut, Zuversicht und Vertrauen ins Leben und - voller Freude und Lebendigkeit! Dies war möglich, wenn die Menschen ihr Herz in den Mittelpunkt ihres Lebens stellten. Das Herz war der Sitz der Liebe, und die Liebe, das war für den König das wahrhaft Göttliche.

Wohin ein Leben ohne Liebe führte, das hatte das Leben des Schwarzen Grafen gezeigt. Er schien gar nicht gewusst zu haben, was Liebe war. Wie sonst hatte er in einer solchen Dunkelheit leben können? Er hatte keine Liebe in seinem Herzen gehabt, davon war der König überzeugt, nicht einen Funken! Wie sonst war es zu erklären, dass er kleine Kinder entführt und eingesperrt hatte? Dass er sie getötet hatte, wenn er Lust dazu gehabt hatte und aus ihren Knochen Figuren geschnitzt hatte? Wie sonst war es zu erklären - wenn es überhaupt eine Erklärung gab -, dass der Schwarze Graf Menschen in seine Schlossmauern eingemauert hatte, einzelne Knochen und sogar ganze Körper?

Als das Schwarze Schloss in sich zusammen gefallen war und die Menschen wieder zum Leben erwacht waren, selbst Diejenigen, die der Schwarze Graf bestialisch und aufs Grausamste zugerichtet hatte, das war wohl das größte Wunder, das der König je erlebt hatte! Alle waren heil und unversehrt gewesen, an Leib, Geist und Seele. Ob der Schwarze Graf jemals in seinem Leben so etwas wie Liebe erfahren hatte?

„Die Liebe…", dachte der König, „Sie ist doch das Größte und Wunderbarste, das es gibt!" Er drehte sich um und schaute auf all die Menschen, die hinter ihnen gingen. Wie glücklich sie waren!

Bald darauf erreichten sie das königliche Schloss. Überall waren Menschen, die jubelten und Blumen schwenkten. Es sah aus, als wenn sämtliche Bewohner der umliegenden Dörfer, die nicht dem Zug entgegen gelaufen waren, auf dem Schloss waren. Der Jubel war riesengroß! Die Wiedersehensfreude nahm kein Ende! Mütter und

Väter standen mit Tränen überströmtem Gesicht da und konnten es kaum fassen, ihr tot geglaubtes Kind wieder im Arm zu halten! Geschwister hielten ihren seit Jahren vermissten Bruder minutenlang fest, fast so, als fürchteten sie, er könnte wieder verschwinden, wenn sie ihn losließen. Doch nach einer Weile verblassten all diese Erinnerungen und verschwanden schließlich. Die Menschen sahen sich glücklich an, fassten sich an den Händen und tanzten vor Freude im Kreis herum. Es wurde gelacht und geweint, umarmt und geküsst. *„Das ist das größte Wunder, das wir je erlebt haben!"* sagten Alle, und tiefe Dankbarkeit erfüllte sie.

43

Am Abend gab es ein großes Fest auf dem Schloss. Alle waren eingeladen. Es gab reichlich zu essen und zu trinken, und Jeder, wirklich Jeder war fröhlich. Musik und Lachen war überall zu hören, auch im großen Saal, in dem der Thron des Königs stand und in dem sonst nur hochoffizielle Empfänge stattfanden.

Die kleine Prinzessin saß neben ihrem Vater an einer langen Tafel, zusammen mit Pepe und Agnes und deren Vater.

Plötzlich sprang die kleine Prinzessin auf. „Papá! Sieh nur!" rief sie und zeigte auf die große Tür am anderen Ende des Saales.

„O, da sind sie ja!" rief der König erfreut und erhob sich.

Sofort hörten die Menschen auf zu reden.

„Wenn ich vorstellen darf:" sagte er. „Unsere neuen Lehrerinnen!"

Alle Köpfe wandten sich zur Tür. Zwei Elfen und eine Fee schwebten herein.

Überglücklich lief die kleine Prinzessin auf sie zu und umarmte sie. Es waren die weise Waldfee sowie zwei der Elfen, die sie am Waldrand beschützt und auf sie aufgepasst hatten.

Der König erzählte von seiner Begegnung mit den Feen und Elfen, und dass sie für ihn der Inbegriff seien von Leichtigkeit und Freundlichkeit, von Mitgefühl und Fürsorge, von Mut und Zuversicht, von Weisheit und einer tiefen Liebe zum Leben. „Sie sind für mich der Ausdruck bedingungsloser Liebe!" sagte er.

Die Menschen waren tief bewegt von den Worten des Königs, und die kleine Prinzessin war mächtig stolz auf ihren Vater!

In den nächsten Tagen kämen noch weitere Lehrerinnen, verkündete der König weiter, nicht weniger wichtig als diese Drei. Doch diese Drei seien sozusagen der Grundstock der neuen Schule. Ihnen kam die Aufgabe zu, alles vorzubereiten und die Schule in Gang zu bringen.

Die kleine Prinzessin schaute voller Bewunderung zu ihrem Vater. Dann rannte sie los. „Ich liebe Dich, papá!" rief sie und warf sich in seine Arme.

Der König hob sie hoch und drehte sich ein paar Mal im Kreis mit ihr. Dann schaute er zur Tür. Ein Lächeln glitt über sein Gesicht.

„Darf ich ebenfalls vorstellen?" rief er und zeigte zur Tür. „Unsere neue Vorleserin!"

Alle Köpfe wandten sich erneut Richtung Tür.

Dort stand eine junge hochgewachsene Frau mit einer großen Tasche in der Hand. Ihr strahlendes Lächeln erfüllte den ganzen Saal.

Pepe schaute die Frau verwundert an. Er hatte sie noch nie zuvor gesehen, und doch kam sie ihm eigenartig vertraut vor.

Der König bat die Vorleserin zu sich. „Marla wird ab heute bei uns auf dem Schloss wohnen." sagte er.

Pepe glaubte, sich verhört zu haben. Hatte der König eben *Marla* gesagt?

In dem Moment zwinkerte Marla ihm zu. Dann beugte sie sich zu ihm hinunter und flüsterte ihm ins Ohr: „Ich habe Dir ja gesagt, dass wir uns wiedersehen!"

Pepe saß da und starrte sie mit offenem Mund an.

„Und jetzt wird weitergefeiert!" rief der König lachend. „Lasst uns fröhlich sein und singen und tanzen! Denn mit dem heutigen Tag hat ein neues Leben angefangen!"

Die Menschen jubelten. Nie zuvor waren sie so glücklich gewesen! Sie begrüßten Marla und die neuen Lehrerinnen auf's Herzlichste und feierten, bis am nächsten Morgen die Sonne aufging.

…Und wenn sie nicht gestorben sind, dann feiern sie vielleicht noch immer: das Leben, das Lachen und vor allem - die Liebe!

Ende

...Und das Rotkehlchen? Das war die ganze Zeit über mit dabei. Wo immer die kleine Prinzessin war, da war es auch. Mal saß es auf ihrer Schulter, mal auf dem Tisch neben ihrem Teller und bekam von all den Köstlichkeiten etwas ab. Ein anderes Mal konnte es nicht anders vor Freude und flog in phantasievollen Kreisen um die Menschen herum. Das tat es ziemlich oft, denn es war so unendlich glücklich, dass es ihm unmöglich war, nur einfach dazusitzen. Wenn die Musik aufspielte, sang es mit, und wenn die kleine Prinzessin tanzte, dann tanzte es in der Luft über ihr. Immer wieder versicherte sich die kleine Prinzessin, dass es in ihrer Nähe war. Nie wieder wollten sie getrennt sein! Nie wieder!

Und so kam es, dass das Rotkehlchen auch auf allen Ölgemälden, die von der Familie und der kleinen Prinzessin gemalt wurden, zu sehen war. Es gehörte einfach dazu!

...Und Ed, Fred und Pauli? Das ist schnell erzählt: Denn die Drei waren zwar mit auf's Königliche Schloss gekommen, um zu feiern und jede Menge Köstlichkeiten zu essen. Am dritten Tag jedoch verabschiedeten sie sich wieder, weil ihnen der Wald fehlte.

Der Kontakt zum Königlichen Schloss blieb jedoch bestehen.

Ende

(Jetzt wirklich!)

Nachwort:

Vielleicht gibt es die eine oder andere Leserin oder den Leser, die sich wundern, wo Pit abgeblieben ist. Die Frage ist durchaus berechtigt. Hat er doch einen entscheidenden Anteil an der Befreiung der Kinder gehabt, indem er Gustâve gezeigt hat, wie er ins Schloss hinein und auch wieder hinaus kommt.

Damit war seine Aufgabe erfüllt.

Pit war entstanden aus den Tränen, die Gustâve wegen Pepe geweint hatte. *„Wenn man in einer Situation, in der man nicht weiter weiß, um Jemanden aus tiefstem Herzen weint, dann können die Tränen zu kleinen Engeln werden, die Einem weiterhelfen."* hatte Gustâves Mutter einst gesagt.

Pit half Gustâve, sich wieder daran zu erinnern und daran, was diese Erinnerung bedeutete: nicht aufzugeben, sondern fest daran zu glauben, dass Hilfe kommt und offen dafür zu sein, in welcher Form sich die Hilfe zeigt. *„Engel können jede Gestalt annehmen!"* hat Pit Gustâve belehrt. Und Flügel seien immer da, wenn ein Engel sie bräuchte, auch wenn sie im ersten Augenblick nicht zu sehen waren.

Pits Aufgabe war es, Gustâve zu zeigen, was er wissen musste, um die Kinder aus dem Schwarzen Schloss zu befreien. Alles Weitere war Gustâves Aufgabe.

Als Pits Aufgabe erfüllt war, verschwand er auf so wundersame Weise, wie er erschienen war. Er verabschiedete sich noch von Gustâve, erklärte ihm, dass er nun alles wisse, was er bräuchte und sagte ihm, dass er, Gustâve, von nun alleine weitermachen würde (denn das könne er!). Und weg war er.

„Wie eine verdunstete Träne!" dachte Gustâve. Dann lief er los.